KB092115

오후의 뒤뜰

오후의 뒤뜰

김연정 소설집

도화

차례

달로 가는 사다리

눈을 감았다 떴다 하면서 슬쩍슬쩍 남자를 훔쳐본다. 남자는 안경 속의 눈을 살며시 감고 있다. 지하철 안에서 맞은편에 앉은 남자를 이렇듯 훔쳐보기는 처음인 것 같다. 그것도 장동건이나 송중기 급이 아니고, 머리가 희끗희끗한 중년의 남자를. 눈 밑이나 이마를 보면 나만큼의 세월은 통과했을 듯한데 느낌이 참 젊다. 잘 늙었다는 생각이 드는 얼굴이다. 특별히 잘 생긴 얼굴은 아닌데 그렇다. 자세히 보니 입 꼬리가 위로 살짝 당겨 올라가 있다. 그래서 젊어 보이고 좋은 인상을 주는 모양이다. 나를 비롯하여 그 나이의 사람들은 입 꼬리가 처져서 우울하고 심술궂어 보이게 마련인데 복 받은 사람이다. 아니, 주책 없이 웬 남의 남자 인물 감상인가 싶어 화들짝 놀라다가 지금 만나러 가는 사람에 생각이 닿는다. 그는 어떨까. 그도 딱 저 남자만큼만 잘 늙어 있었으면 좋겠다.

며칠 전에 전화 한 통을 받았다. "선생님, 혹시… 1969년의 이현수를 기억하세요?" 남자가 조심조심 물었다. "기억은 합니다만… 누구시죠?" 약간 경계를 하며 내가 되물었다. "아, 기억하시네요. 제가 바로 그 이현숩니다. 어제 교보에서 선생님의 책을 봤어요." 그는 느리고 차분한 어조로 말을 이었다. 지난주에 출간한 내 책을 보았나 보다. 필명을 썼는데 용케 찾았다 싶었다. "그러셨어요? 정말 반갑네요." 목소리만으로는 이현수라는 걸 받아들이기 힘들었지만 반가운 건 사실이었고 이내 경계심이 사라졌다. 이번 책을 내며 그의 생각을 여러 번 했었으니까. "신간 매대에서 「달로 가는 사다리」라는 책 제목을 보고 혹시, 하는 맘에 펼쳐 봤는데 작가의 사진이 딱 선생님이더군요. 분위기가 그때의 '꼬마 김 양' 그대로여서 금방 알아봤습니다." '꼬마 김 양'이라는 호칭이 '선생님'이 되도록 시간이 흘렀는데, 그의 말대로 지금 내 얼굴에 열아홉 '꼬마 김 양'의 얼굴이 남아 있을까. 그는 내게 말할 시간을 주지 않고 말을 이었다. "그 옛날 제게, 언젠가 다른 곳에서 꼭 한번 만나기를 바란다고 하셨으니 이제 한번 만나주시겠어요?" 그가 하하 웃었다. "제가 그랬었나요?" 나도 따라 웃었다. 이번 책 출간을 준비하면서도 그랬지만 이전에도 그의 생각을 종종 했었다. 반백의 남자 가수가 '첫사랑 그 소녀는 어디에서 나처럼 늙어갈까' 하고 노래 부를 때마다 그가 떠오르곤 했다. 대학 시절 짧게 가슴앓이를 했던 첫사랑을 제쳐두고 왜 그 소년이 떠오르곤 했는지는 모를 일이었다. 아무튼 초저녁 별 같던 그때 그 소년이 어떻게 나이를 먹어 '무엇을 만들며' 살고 있을지 궁금했었다.

전동차가 덜컹, 흔들린다. 맞은편에 앉은 남자가 눈을 뜬다. 남자는 역 안내 전광판을 한번 쳐다보더니 코트 주머니에서 작은 책을 꺼낸다. 스마트폰에 고개를 박은 사람들 사이에 앉은 그는 옛 사진첩의 이웃처럼 조용히 책을 펼친다.

미국의 닐 암스트롱이 그해 7월 달나라에 발을 딛게 될 줄을 누구도 상상하지 못했던 봄날 밤, 나는 그 전보를 받았다. 필기시험을 치르러 오라는 전보였다. 한밤중에 마당을 울리는 "전보요!" 소리는 언제나 가슴을 철렁 내려앉게 했지만, 그날 밤의 "전보요!"는 신발도 못 신고 뛰어나가게 할 만큼 반가웠다. 나는 출판사에 이력서를 제출하고 연락을 기다리는 중이었다. 신문광고에 난 응모 자격은 이랬다. '고졸 여성으로서 용모 단정하고 글 솜씨가 좋은 사람.' 확실한 것은 내가 고졸 여성이라는 것뿐이었다. 용모는 추하지는 않으니 패스! 문제는 글 솜씨였다. 출판사에서 원하는 글 솜씨의 정도를 알 수 없으니 망설여졌다. 나는 중고등학교 때 교내 시화전에 몇 번 작품을 출품하고 교지에 두세 번 수필을 실은 정도였다. 백일장 같은 데 나가 본 적은 없었다. 당연히 수상 경력도 없었다. 가진 것은 문학에 둔 비밀스러운 마음뿐이었다. 아니면 말고, 하면서 이력서를 보냈다.

일요일 아침, 필기도구를 들고 출판사로 갔다. 출판사는 종로 3가 파출소 뒷골목에 있었다. 골목은 좁고 지나가는 것만으로도 온갖 세균을 흠뻑 뒤집어쓸 것처럼 지저분하고 악취가 났다. 이층 벽돌건물인 출판사 내부는 방금 지나온 골목길만큼이나 비좁고 퀴퀴했다. 실내에 가득 찬 먼지 냄새에 목이 싸해졌다. 복도 곳곳에 높이 쌓아 올린 책탑들은 누가 발이라도 한번 쾅 구르면 와르르 무너져 내릴 듯했다.

영업부 간판 아래로 여자들이 하나 둘 모여 들었다. 금방 삼십여 명이 되었다. 서른 넘어 보이는 여자도 몇 있었지만 대부분은 이십대 초반의 여자들이었다. 여고를 갓 졸업한 단발머리 소녀는 나 혼자였다. 여자들이 영업부 직원들 책상 앞에 이리저리 끼어 앉았다. 서로를 경계하는, 혹은 탐색하는 어색한 시간이 꽤나 흐른 뒤에 키가 훌쩍 크고 몸이 가느다란 남자가 시험지를 들고 들어왔다. 남자는 몹시 지쳐 보였다. 그가 입은 회색 홈스펀 재킷 때문에 그렇게 느껴졌는지도 모르겠다. 남자의 재킷은 덥고 칙칙하고 무거워 보였다. 이미 창경원에 밤벚꽃놀이가 시작된 계절이었다. 남자는 고갯짓으로 인원수를 확인했다. 그는 시험지를 나누어 주면서 틈틈이 머리카락을 귀 뒤로 쓸어 넘겼다. 굽실거리는 그의 장발은 손가락을 타고 살살 귀 뒤로 넘어갔다. 시험지는 넉 장이었다. 국사와 문학, 일반 상식 문제 들이었다. 그리고 딸려 나온 두툼한 원고지. 김구의 일생에 대하여 쓰라고 했다. 비록 낙방은 했지만 그해 1월에 K대 입시에 응시했던 나는 비교적 빨리 문제들을 풀었다. 원고지 메우는 일은 쉽지 않았다. 어린 시절에 읽은 위인전을 낑낑 떠올리고 조각조각 이어 붙여 오류가 많을 글을 썼다. "다 쓰신 분은 나가셔도 좋습니다." 남자가 하얀 손가락으로 머리카락을 쓸어 넘기며 말했다. 더 이상 앉아 있어도 김구에 대해 벼락치듯 떠오를 건 없었지만 선뜻 일어나지 못했다. 나가는 사람이 없었다. 나는 맥없이 남자의 얼굴만 뜯어보았다. 그는 유난히 인중이 길고 또렷했으며 입술은 꽃잎을 잘라 붙인 듯 선명하고 예뻤다.

그날 늦은 밤, 나는 또 한 통의 전보를 받았다. '월요일 9시 출근 요망. 도시락 지참'

나는 짧은 주름치마가 활랑활랑 뒤집힐 정도로 경쾌하게 걸어서 출판사로 갔다. 전날 시험 감독을 했던 남자가 나를 기다리고 있었다. 편집장이라고 자신을 소개했다. 아이보리색 얇은 점퍼를 입은 그는 활달한 청년으로 보였다. 전날은 무엇엔가 잔뜩 짓눌린 아저씨 같았는데. 편집장은 나를 데리고 사장실로 갔다. 세균과 책벌레들이 우글거릴 것 같기는 사장실이라고 다르지 않았다. 늙은 사장은 회전의자에 앉아 숨을 몰아쉬었다. 사장은 숨 쉬는 것도 힘겨워 보일 만큼 살이 쪄 있었다. 회전의자에 맞춘 듯 꽉 끼인 몸을 어찌 빼낼까 걱정이 되었다. "어서 와요." 하면서 사장이 손을 내밀었다. 합격을 축하한다, 유일한 합격자이니 자부심을 가져라, 월급은 절대 섭섭지 않게 주겠다, 이 부장한테 열심히 일 배워라… 뭐, 그런 이야기들을 사장은 헐떡이며 했다. 사장이 말을 끝내자 편집장이 말했다. "그만 편집부로 가입시더. 여긴 본사구, 편집부는 따로 있심더." 그럼 그렇지. 이런 곳에서 무슨 책을 만들겠어. 안도하는 마음으로 편집장을 따라 나섰다. 편집장은 청계천 쪽으로 걸었다. 그는 가늘고 긴 다리로 성큼성큼 걸었고 나는 종종걸음으로 뒤를 따랐다.

편집장은 청계천의 한 골목으로 접어들었다. 지난밤 술꾼들의 울분과 몸부림이 전봇대마다 흩뿌려져 있었다. 전봇대가 무슨 죄라고 술꾼들은 왜 하나같이 전봇대에다 그날의 울분을 토할까. 나는 숨을 멈추고 바삐 걸었다. "인쇄소 골목입니더." 뒤를 돌아보며 편집장이 말했다. 그 중 한 인쇄소로 그가 들어갔다. 인쇄소 안은 윙윙, 철컥철컥, 윤전기 돌아가는 굉음으로 아무 생각도 할 수 없게 만들었다. 편집부에 간다더니 웬 인쇄소? 하는 눈으로 내가 편집장을 쳐다보자 그가 외쳤다.

"다 왔습니더!"

"네에?"

나도 소리를 질렀다. 아주 가까이에서도 소리소리 질러야만 대화를 할 수 있는 인쇄소 어디에 편집부가 있다는 걸까. 편집장은 따라오라는 손짓을 하고는 앞서 걸었다. 나는 몸을 잔뜩 움츠리고 윤전기 옆을 빨리 지나갔다. 윤전기는 철컥이며 한창 인쇄물을 쏟아내고 있었다. 미닫이 유리문 앞에서 편집장이 걸음을 멈췄다. 유리문을 열고 그가 들어갔다. 그곳은 인쇄소의 사무실인 듯했다. 문을 닫으니 밖의 소음은 많이 차단되었다. 넓은 방에 철제 책상 두 개와 두꺼비 같은 검은 전화기 한 대가 놓여 있었다. 그리고 벽에 붙어 있는 나무 계단이 눈에 띄었다. 손잡이가 없는 듯 낮아, 계단이라기보다 사다리처럼 보였다. 계단은 푸른색이었다. 며칠 전에 칠을 했는지 페인트 냄새가 났다. 낡아서 귀퉁이가 닳고 깨진 나무에 칠만 새로 한 푸른 계단은 생뚱맞았다. 그 방과 어우러지지 않았다. 계단 옆에서는 대여섯 명의 남자애들이 둘러 앉아 무슨 작업을 하고 있었다. "단디 하거래이." 남자애들에게 말하고 나서 편집장이 앞서 계단을 올랐다. 편집장이 따라 올라오라고 턱짓을 했다. 편집부가 설마 저 위에 있을까, 하며 한 손으로는 계단의 손잡이를 움켜잡고 한 손으로는 짧은 주름치마 속의 엉덩이를 가리며 움찔움찔 계단에 발을 올려놓았다. 남자애들이 노골적으로 내 미니스커트 속을 올려다볼 게 뻔했다. 나는 계단 네 개를 오르고는 아래를 내려다봤다. 그 순간 45도 위를 향해 있던 남자애들의 고개가 일시에 밑으로 툭 떨어졌다.

다락방에는 여섯 개의 책상이 있었다. 최 선생과 김 선생, 미스 정 언니와 송 시인, 그리고 편집장과 내 것이다.

역사 전공인 최 선생은 사라사테의 '치고이네르바이젠' 신봉자였다. 무슨 얘기건 결론은 치고이네르바이젠이었다. 그야말로 '기起승承전轉치고이네르바이젠'이었다. 최 선생은 글이 안 풀릴 때면 벌떡 일어나 바이올린 켜는 시늉을 했다. 짜라라란! 짜라란 짜란! 하며 치고이네르바이젠의 애조띤 1부의 도입부를 열정적으로 연주했다. 그렇게 하여 그는 글에 대한 좌절감을 해소하는 것 같았다. 그는 선하고 코믹한 사람으로 편집부의 양념이었는데, 일에 대한 열정이 없었다. 일은 뒷전이고 어떻게든 회식할 건수를 만들려 전전긍긍했다. 연하의 편집장에게 손바닥을 비비며 회식을 하자고 졸랐다. 회식이라야 별 것도 아니었다. 포장마차 드럼통에 둘러앉아 소주에 김치두루치기나 생두부를 먹는 것이었다. "이 부장, 오늘은 우리 김양이 입사했으니 한 잔하십시다! 짜라라란! 짜라란! 짜란!!" 최 선생 덕으로 입사 첫날 나는 편집부 식구들과 함께 처음으로 포장마차 드럼통에 둘러앉았다. 그날부터 내앞에는 항상 사이다가 놓였다. 그들이 마시는, 너무도 순수해 보이는 맑은 액체를 나도 마셔보고 싶었건만 이 부장은 내게 묻지도 않고 사이다 한 병을 주문했다. 최 선생은 편집장의 눈총을 받으며 회식 타령을 해대지만 소주 넉 잔에 얼굴이 백지장이 되는 사람이었다. 서른여섯 살 자취생인 그는 막상 회식자리에선 말이 없었다. 순한 귀를 쫑긋대며 송 시인이 토해내는 분노에 고개를 끄덕일 뿐. 그는 다만 편집부 식구들과 얼굴 맞대고 둘러앉는 그 시간을 좋아하는 것 같았다. 회식이 끝나고 헤어져서도 최 선생은 자꾸 뒤를 돌아보며 누군가를 불렀다. "어이! 외로운 영혼을 위해 한 잔 더할 사람 누구 없어?" 최 선생의 한없이 허허로운 목소리에 걸려드는 사람은 늘 송 시인이었다. 송 시인은 365일 술이 고픈 사람이었다. "이 부장, 삼선 개헌 반대의 뜻으로 한 잔 해야 하지 않을까요? 시위에 참석은 못해도…. 어떻게 또 해먹으려고 개헌을 해요?" 그해 여름 대학가에는 박정희의 삼선 개헌을 반대하는 시위가 연일 극렬했다. "우린 좋은 책 맹그는 기 애국하는 깁니다." 이 부장은 최 선생을 향해 그렇게 잘라 말하곤 했다. "이 부장, 오늘은 내가 딱지를 맞았으니 기념으로 한 잔 사주십쇼! 짜라라란! 짜라란 짜란!!" 최 선생이 이렇게 말하면 편집장이 매정스레 쏘아붙였다. "맨날 맞는 딱진데 우째 맨날 기념할라 캅니꺼?" 그렇지만 그런 날 저녁 편집부 식구들은 어김없이 포장마차에 둘러앉아 있었다. 최 선생은 펄 시스터즈의 배인숙이 이상형이라며 배인숙처럼 판탈롱 입은 아가씨가 맞선 자리에 나오길 바랐다. 그런데 맞선 보러 나오는 여자들은 이미 미니스커트도 어울리지 않는 늙은 아가씨들이라며 툴툴댔다. 그나마도 늘 퇴짜를 맞았지만. 최 선생은 아가씨들한테만

딱지를 맞는 게 아니었다. 편집장에게도 자주 딱지를 맞았다. 최 선생이 쓴 원고를 편집장은 "다시! 다시!" 하며 돌려주었다. 최 선생이 잘하는 것도 있긴 했다. 사다리타기였다. 최 선생은 자주 사다리를 그렸다. "자, 모이세요. 늘어지는 오후를 기념하여 사다리 한번 탑시다. 짜라라란 짜라란 짜란!!" 우리는 모여앉아 사다리를 탔다. 내 몫은 심부름이었으므로 사다리타기에 참여시켜 주지 않았다. 그런데 어쩐 일인지 최 선생은 번번이 공짜로 오징어 다리 얻어먹는 행운을 누렸다. 우리는 그렇게 허구한 날 질겅질겅 구운 오징어 다리를 사다가 씹으며 오후를 견뎠다.

나이가 쉰에 가까운 김 선생은 젊은 편집장 모시는 것을 죽지 못해 하는 것 같았다. 회식자리에도 거의 빠졌다. 그는 S대 사학과 출신으로서 다락방에 출근하는 것을 몹시 수치스러워했다. 그가 어쩌다 교사를 그만두고 다락방에까지 오게 되었는지 아무도 알지 못했다. 김 선생이 얼굴이 벌게져서 열변을 토할 때가 있었는데, 다른 이의 원고에 역사적 오류가 있다고 생각할 때였다. 그때 우리가 만들던 책은 어린이세계인물대사전이었다. 김 선생은 목에 핏대를 세우며 말했다. "어린이들에게 올바른 역사관을 심어줘야 해요. 이건 너무 편향된 원고예요." 편집장과 미스 정 언니는 오히려 김 선생의 생각이 왼쪽으로 치우치는 경향이 있다고 우려했다. "시방 어느 땝니꺼. 객관적으로 쓰십시데이." 편집장은 말했다. 그럴 때 최 선생은 묵묵부답 바이올린 켜는 흉내만 냈고 송 시인은 "모두 조심합시더." 했다. 서로 편향된 원고라고 하니 어느 쪽이 진실인지 알 수 없었다.

영문과를 중퇴한 미스 정 언니는 술고래였다. 두주불사하는 송 시인과 대적하여 진 적이 없었다. 아니, 송 시인을 언제나 이겼다고 봐야 한다. 송 시인은 술만 들어가면 울고불고 했지만 미스 정 언니는 자세도 흐트러지지 않았다. 편집장이 감탄하는 그녀의 글재주보다도 그녀의 술 마시는 재주에 나는 더 감탄했다. 미스 정 언니는 술고래이기만 한 것이 아니었다. 일고래이기도 했다. 편집부의 모든 일을 다 집어삼킬 태세로 일을 했다. 그녀가 하루에 쓰는 원고의 양이 최 선생의 세 배는 되었다. 우리는 일주일에 나흘은 10시까지 야근을 했다. 어느 때는 야근이 끝난 뒤에 번개처럼 회식을 하고 통금에 걸릴까 부라

부랴 집으로 뛰었다. 집 앞 골목에 다다르면 통금 예비 사이렌과 내 이름을 부르는 엄마의 목소리가 동시에 울리곤 했다. 미스 정 언니는 야근이 없는 날에도 혼자 야근을 했다. 일요일에도 출근했다. 그런 미스 정 언니를 남자들은 오징어 다리 씹을 때보다 더 맛있게 씹었다. "일고래라카는 기 미스 정에게 얼매나 다행입니꺼." "그러게나. 갈 데도 없는 노처녀가 일도 없었으면 골방에서 콱 죽었지." "그 얼굴의 노처녀를 언제 어느 때나 반갑게 받아줄 곳이 이 다락방밖에 더 있겠십니까. 쯧쯧." 김 선생까지 한마음이 되는 건 그때가 유일했다. 그렇게 실컷 낄낄대고 난 뒤에 결말을 내며 먼저 돌아앉는 건 편집장이었다. "그래도 그만한 필력 가진 사람 드뭅니더. 얼굴 쪼매 이뻐서 오데 씁니꺼." 어쩌면 미스 정 언니는 일요일에 나와서 소설을 썼는지도 모른다. 미스 정 언니는 신춘문예에 몇 번 낙방했다고 내게 속달거렸다. 남자들은 그녀가 소설을 쓴다는 사실을 아무도 알지 못했다. 절대 비밀, 이라고 그녀가 내 입을 콱 막았다. 그녀는 신춘문예에 당선하여, 새해 첫 날 아침에 '박씨부인'처럼 흉한 허물을 벗고 멋진 실체를 당당히 보여주려고 절치부심하고 있는 것 같았다. 미스 정 언니는 거북이처럼 작은 눈에 도수 높은 안경, 부정교합의 턱을 갖고 있었다. 게다가 그녀는 단벌 숙녀였다. 그녀에게는 청색 폴리에스테르의 블라우스와 스커트 한 벌이 있었다. 그녀는 그 옷을 봄가을에는 긴팔로 입고 여름에는 걷어서 입었다. 남동생 넷이 고구마 매달리듯 해서 살림이 어렵다고는 들었지만 그건 융통성의 문제라는 생각이 들었다. 나는 언니가 셋이나 되니 옷이 궁하지 않았다. 가난한 언니들은 동대문시장에서 허름한 옷감을 끊어다 옷을 만들어 입었다. 특히 솜씨 좋은 큰언니는 밤새워 동생들의 옷을 만들곤 했다. 덕분에 나는 세계에서 하나뿐인 옷을 입고 출근하는 날이 잦았다. 그런 날이면 미스 정 언니의 눈치를 보느라 몸을 돌돌 말아 어느 구석에 숨겨놓고 싶었다. "꼬마 김 양이 오늘은 신데렐라 같데이." "아이구, 산다라 디가 따로 없네." "오호, 이제 제법 여자 태가 납니다." 미스 정 언니의 얼음송곳 같은 날카로운 눈빛을 알 리 없는 최 선생과 송 시인의 민망한 호들갑은 오전 내내 계속되었다.

송 시인은 스물둘에 동갑내기와 결혼했다. 결혼한 지 사 년 되었지만 아이가 없었다. 분유 값이 없어 아기를 못

낳는다고 했다. 그는 너무 일찍 여자에게 코가 꿰어 인생을 말아먹었다고 술만 마시면 울었다. 시인의 아내는 밥은 굶어도 사흘에 한번은 꼭 목욕탕에 가야 했고 시인은 밥은 굶어도 술은 매일 마셔야 했다. "니 술 좀 고마 마시고 밥을 묵으라! 위장 빵꾸 나기 전에 니 인생이 먼저 빵꾸 난데이." 간밤의 통음으로 얼굴이 누런 호박이 되어 출근하는 송 시인에게 편집장이 호통을 쳤다. "아내를 잘 달래 봐요. 유치원에 취직을 하라고." 미스 정 언니가 말하면 송 시인이 대답했다. "서울말 몬해서 취직 몬한다고 안캅니꺼. 꼬마 김 양아, 대구 사투리가 뭐 어떤노?" 송 시인의 아내는 유치원 교사 출신이었다. 송 시인은 대구에서 출판사에 다니며 시 동인으로 활동했다. 그러던 중, 동인지에 발표한 송 시인의 시가 어쩌다가 서울의 유명 평론가의 눈에 띄었다. 당시 최고 평론가의 엄청난 호평을 받자 그는 유치원에 잘 다니던 아내를 끌고 무작정 상경했다. 하지만 경력도 학력도 변변치 않은 대구 촌놈을 선뜻 오라는 직장도 없었고, 서울에 아무 연고도 학연도 없는 시인의 시를 덥석 실어주는 잡지도 없었다. 미아리에서 막일을 하며 매일 밤 술잔에 눈물과 시를 빠트리던 시인을 다락방으로 데려온 것은 편집장이었다. 친구의 후배라는 인연으로. "발표 못한 시들이 술잔에 떠 있는데 우얍니꺼. 마시뿌리야제." 그렇게 송 시인은 술잔에 빠진 시를 마시며 울었다.

그리고 편집장. 그는 이 년 전에 유수 월간지의 장편소설 공모에 당선된 소설가였다. 막 소설가의 명함을 따낸 사람이므로 관심이 온통 소설에 있었을 터인데 그는 사내에서는 일체 작가연하지 않았다. "작가가 작품으로 말해야제, 쓸데없이 입으로 불어뿌리면 뭐하노." 그것이 그의 생각이었다. 다락방에서의 그는 오직 성실하고 유능한 편집자였다. 부도 직전의 출판사에 편집장으로 들어와서 그가 첫 기획한 책이 어린이세계인물대사전이었다. 사장은 회사의 명운을 편집장과 그 책에 걸고 있었다. 편집장은 얄팍한 어깨가 바스러질 만큼 압박감이 심했으리라. 그래도 그 압박감을 절대로 술로 풀지 않았다. 그것이 시인과 소설가의 기질적 차이였는지는 잘 모르겠다. 편집장의 자취방과 우리 집이 같은 방향이라 회식 후에 함께 걸어 갈 때가 어쩌다 있었는데, 그런 날은 온전히 작가로서 나를 대해 주었다. 글을 잘 쓰기 위해선 다문다독다상량

多聞多讀多商量해야 한다고 했다. 토마스 만이나 제임스 조이스, 니코스 카잔차키스 같은 작가들의 작품에 대해서도 애기해 주었다. '인간의 영혼이란 기후, 침묵, 고독, 함께 있는 사람에 따라 눈부시게 달라진다'는 희랍인 조르바의 말은 지금도 생생히 기억난다. 그 뒤 카잔차키스의 「희랍인 조르바」 책을 구해 읽고 영화도 봤지만 열아홉에 편집장에게서 들은 조르바에 대한 깊은 인상을 뛰어넘지 못했다. 편집장은 글을 안 썼으면 그림을 그렸을 거라고 했다. 개인 화집을 편집실에 가져다 놓고 틈틈이 보곤 했다. 그 때 옆에서 넘겨다 본 많은 그림 중에 지금까지도 기억에 남는 건 에드워드 호퍼의 그림들이다. 선과 색채가 단순하고 평면적인 호퍼의 그림이 유독 마음에 남은 것은 모든 그림 속에 소설이 한 편씩 들어 있었기 때문일 것이다. 이야기를 품은 그림들에는 적막과 고독의 느낌이 짙었다. 밤의 바에 혼자 뒤돌아 앉은 남자. 단순한 그림인데 오래 마음에 남는 이유는 그의 검고 넓적한 등에 있을 것이다. 그 넓은 등과 빨간 테이블에 흐르는 고독의 냄새가 나를 장악했었다. 여행 가방을 옆에 두고, 모텔 침대에 앉아 지도를 들여다보는 그림 속 소녀. 지도는 소녀를 어디로 안

내할까. 소녀가 지나야 할 길들이 너무 험하지는 않아야 할 텐데, 하는 마음으로 화집을 덮었었다.

그 해에 편집장이 두세 편의 소설을 발표했다. 편집장은 다락방 식구들이 그의 작품 읽는 걸 달가워하지 않았다. 그는 머리카락을 손가락으로 쓸어 넘기며 우물거렸다. "내사마 남사시러버서…." 하지만 편집장보다 더 '남사시러버'한 것은 나였다. 그의 글을 읽고 나면 한동안은 그와 눈을 마주치는 게 거북스러웠다. 작품 속 인물과 작가가 동일인물이 아니라는 걸 뻔히 알면서도 변태성욕자를 너무나 사실적으로 묘사한 편집장을 바라보기가 꺼려지고, 한 동네의 많은 남자들과 관계를 한 벙어리 처녀 얘기를 쓴 편집장과 옆에 앉는 게 불편했다. 수줍고 무뚝뚝한 편집장의 머릿속에 그런 인물들이 살아 돌아다니고 있었다는 걸 이해하는 게 쉽지 않았다. 작가가 너무 가까이에 있는 건 바람직한 일이 아니었다. 작가는 역시 독자의 상상 속에 있어야 한다고 꼬마 김 양인 나는 생각했다.

그렇듯, 푸른 사다리 위의 세상은 학교에서는 짐작도 해보지 못한 것이었다. 그 세상에 홀린 나는 정말로 높은 사다리 위의 새둥지에나 사는 듯, 한 달을 부웅부웅 날아서 다락방에 올랐다. 인쇄소의 소음도 귀에 들어오지 않았다.

"우와, 마침내 지독히도 행복한 페이데이가 오고야 말았던 것이었던 것이다! 짜라라란! 짜라란 짜란!" 그날 아침 최 선생은 이렇게 변사처럼 외치며 출근했다. 점심 도시락을 후딱 까먹고 다락방 식구들은 우르르 본사로 몰려갔다. 도장을 찍고 월급봉투를 받았다. 내 생애 첫 월급이었다. 내 능력은 얼마짜리일까. 콩닥콩닥 설레며 누런 봉투 속을 들여다보았다. 그 속에는 구천 원이 들어 있었다. 사장이 월급은 절대 섭섭지 않게 준다고 했었고, 나는 그 말만 믿고 회사에 다녔다. 한데 나는 머릿속에서 유리컵 박살나는 소리가 나도록 그 월급이 섭섭했다. 송 시인이 물었다. "꼬마 김 양아, 니 봉급 얼매 나왔노?" 나는 입을 꼭 다물고 총총히 편집실로 돌아왔다. 그동안 나는 사장의 말대로 자부심을 가졌었다. 30여 명의 여자들을 다 물리친 사람이 아닌가. 그런데 월급봉투를 들여다본 순간 그 자부심은 구천 원짜리가 되어 인정사정없이 구겨져 버렸다. 구체적으로 월급 액수를 생각해본 적은 없지만 적어도 구천 원은 아니었다. 오후를 어떻게 보냈는지 모르겠다. 월급날이라고 사다리타기를 했는데 오징어 다리 사러 갈 힘도 없었다. 어린 것이 벌써 돈 때문에 기운이 빠지는 속물이 되었나 싶어 부끄럽기도 했다. 하지만 이건 돈 문제가 아니었다. 며칠이 지나서야 최 선생의 말이 떠올랐다. '우와, 마침내 지독히도 행복한 페이데이가 오고야 말았던 것이었던 것이다!' 아, 그 얼마나 찬란한 반어법이던가. 그들의 월급이라고 뭐가 달랐을까 싶었다. 장아찌 몇 쪽 박아 넣은 도시락 싸들고 다니는 그들 아닌가. 어쩌면 구천 원이 내게 딱 합당한 월급이었는지도 몰랐다.

편집장과 나를 제외한 네 명은 인물사전의 원고를 썼다. 어린이인물사전에 실릴 인물들을 소항목, 중항목, 대항목, 특대항목으로 나누어 원고 작성을 했다. 사전은 가가린에서 시작하여 히포크라테스에서 끝나게 되어 있다. 내 일은 각 인물들에 관련된 사진이나 그림을 여러 서적에서 찾아 편집장의 책상 위에 올려놓는 것이었다. 편집장의 일은 원고와 사진을 바탕으로 레이아웃을 하는 것이었다. 내가 하는 일은 그 자체로만 보면 하잘것없는 일

임에 틀림없었다. 글 솜씨 어쩌고 하길래 마땅히 원고 쓰는 일인 줄 알고 입사했던 나로서는 처음에 실망이 이만저만이 아니었다. 그런 응모자격을 내걸고 글짓기 시험까지 치르게 한 사장과 편집장에게 사기를 당했다는 생각도 들었다. 그러나 사진을 찾으며 여러 역사적 인물들에 대하여 알아가는 지적인 기쁨과 오징어 다리를 함께 질겅거릴 수 있는 다락방 식구들과의 쫀득거리는 시간이 그 실망을 훌쩍 뛰어넘게 했다. 어쨌거나 첫 월급을 받고 난 뒤로 다락방에 대한 흥미가 잠시 멈칫해진 것은 사실이었다.

그때쯤 소년 이현수가 눈에 들어왔다. 푸른 사다리 아래서 뭔가를 만들던 남자애들 중 한 아이였다. 그들이 만드는 것은 모형 거북선이었다. 손바닥에 올려놓을 만한 크기였다. 인물사전의 별책부록이라고 했다. 아이들 중 누군가는 내가 사다리를 오르내릴 때마다 휘익휘익! 휘파람을 불어댔다. 나는 사다리를 오르는 일에 처음처럼 조바심치지 않았다. 판탈롱을 입었으면 편했을 텐데 무슨 심사였는지 나는 굳이 미니스커트를 입고 사다리를 오르내렸다. 나는 아무렇지도 않게 사다리를 올랐지만 소년

이현수는 휘파람 부는 아이를 번번이 저지하고 야단쳤다. 그가 작업반장쯤 되는 것 같았다. "에이, 그러지 말라니까. 우리가 저질로 보이잖아!" 그가 말리면 누군가가 말했다. "야, 우리가 좀 밑에 있긴 하잖냐! 쟤 저렇게 높이 있고." 그 말에 소년이 단호하게 대꾸했다. "우리가 언제까지나 밑에 있니? 우리가 평생 모형 거북선이나 만드냐구. 앞으로 우리가 무엇을 만들게 될지는 아무도 모르는 거야." 그 말을 들은 뒤 나는 처음으로 소년을 자세히 바라다봤다. 키가 작고 얼굴도 작았다. 몸은 말랐지만 허약해 보이지는 않았다. 눈빛은 많은 사람들 중에서도 눈에 확 뜨일 만큼 형형했다. '앞으로 우리가 무엇을 만들게 될지는 아무도 모른다'는 그 말은 소년이 자신에게 한 말이었겠지만, 사실은 내게 더 큰 응원의 메시지가 되어 꽂혔다.

7월 어느 날 퇴근길에 딱 한번 그 소년과 제과점에 갔다. 닐 암스트롱이 달나라에 발을 디딘 날이었다. 그날 다락방 식구들은 볼펜을 집어 던지고 다방으로 몰려갔다. TV 중계를 보기 위해서였다. 달에 도착한 암스트롱이 드디어 아폴로 11호 탐사선에서 조심스레 발을 내밀었다.

사람들로 꽉 찬 다방 안에는 누구의 숨소리도 들리지 않았다. 역사적인 그 순간을 눈과 머리에 담느라 모두가 숨을 죽였다. 침묵이 부담스러웠는지 누군가 혼잣말을 했다. "어디서 토끼라도 튀어나오는 거 아냐?" 몇몇 사람이 킥킥 웃었다. 그때 내 눈에 토끼가 아니라 사다리가 들어왔다. 아폴로 11호 탐사선 '이글'에 짧은 사다리가 있었다. 암스트롱이 먼저 그 사다리를 타고 내려와 조용히 달 표면에 발을 디뎠다. 와아! 사람들이 탄성을 질렀다. 곧 이어 올드린이 사다리를 타고 내렸다. 우주비행사들이 사다리를 내려오자 내 가슴이 두근두근 뛰기 시작했다. 아, 사다리가 있어야 달나라에도 도달할 수 있구나! 사다리를 놓으면 어디든 갈 수가 있어! 암스트롱과 올드린은 성조기를 꽂고 얼마간 달에 머물렀다. 양 다리로 '캥거루 점프'도 하고 여러 가지 보행법을 시도하는 것 같았다. 모든 활동을 마친 뒤, 올드린이 먼저 탐사선에 오르고 암스트롱이 사다리의 3단에 단번에 점프해 뛰어 탐사선에 올랐다.

핑계가 없어서 회식을 못하던 최 선생은 TV 중계가 끝나자 앞장서서 남자들을 술집으로 끌고 갔다. "이 부장,

오늘은 내가 삽니다. 역사적인 날 아닙니까. 인간이 달나라에 발자국을 찍을지 누가 알았습니까. 달나라로 신혼여행 갈 날도 곧 오겠지요? 내가 이 날을 기다리느라 장가를 안 갔다니까요." 미스 정 언니는 최 선생의 희떠운 소리에 고개를 저으며 사무실로 다시 들어가고, 혼자 골목을 나오는데 누가 나를 불렀다.

"꼬마 김 양!" 이현수였다.

"꼬마 김 양이요?" 내가 뜨악하게 물었다. 나보다 더 어려 보이는 그에게까지 왜 꼬마 김 양으로 불러야 하는지 알 수 없었다. 편집장이 나를 '꼬마 김 양'이라고 부르니 편집부에서의 내 이름이 꼬마 김 양이긴 했지만.

"미안해요. 다들 그렇게 불러서. 잠깐 저기 빵집에 갈 수 있어요?"

나는 그를 따라갔다. 두어 달 숙성시켰다가 겨우 꺼낸 말이라는 걸 그의 얼굴에서 읽었으므로.

"편집부 일은 어때요?" 그가 눈을 빛내며 물었다.

"네? 뭐 그냥…." 나는 얼버무렸다.

"글 쓰는 거 재미있죠? 나도 중학교 다닐 때 문예반이었어요. 중퇴하고 말았지만. 지금도 가끔 글을 써요. 언젠가는 사다리 얘기도 써보고 싶고요."

그는 말을 빨리 쏟아냈다. 어렵게 얻은 기회가 빨리 사라질까 봐 그러는 것 같았다.

"사다리요? 달로 가는 사다리?"

나는 방금 전에 본 사다리를 떠올리며 약간 격앙된 목소리로 물었다.

"네, 맞아요. 사람마다 오르고 싶은 달이 있잖아요. 나는 나의 달로 가는 사다리 얘기를 쓰고 싶어요."

'나의 달로 가는 사다리'라는 말을 할 때 그의 목울대가 달달달 떨리는 게 보였다. 나는 그의 눈을 바라보았다. 그 눈 속에 하늘로 쭉 뻗은 푸른 사다리가 얼비치는 듯했다. 나는 뭐라 대꾸를 못하고 손가락만 만지작거렸다. 그의 달은 어디일까.

"가끔 얘기하고 지냈으면 좋겠어요. 편집부 얘기도 듣고 싶고 김 양의 일에 대해서도 알고 싶어요."

이후로도 나는 그 소년과 말을 하지는 않았다. 눈이 마주치면 목례를 했을 뿐이다. 내가 하는 일에 대해 캐물을게 두려웠다. 소년은 내가 사다리 위의 높은 곳에 앉아 대단한 원고를 쓰는 줄 알고 있을 터였다.

여름방학이 되었다. 편집장은 아르바이트 여대생 두 명을 뽑았다. 그들은 내가 낙방한 K대 국문과와 사학과 신입생이었다. 최 선생과 송 선생의 내 옷에 대한 호들갑은 하루아침에 그녀들에게로 가버렸다. "아, 그립고 그리운 프레시맨 향기!" 최 선생은 킁킁대며 그녀들의 블루진 바지와 재킷에 납작한 코를 들이댔다. 그녀들은 기겁을 했다. 아르바이트생들이 온 뒤로 나는 순식간에 헌옷처럼 되었다. 그녀들이 일하는 곳은 인쇄소 사무실 한 구석이 었는데 편집장은 일을 가르쳐준다는 구실로 툭하면 그곳으로 내려갔다. 막 서른을 넘긴 소설가가 새내기들의 신선함을 향해 사다리를 놓아 보려고 안간힘을 쓰는 듯 보였다. 소설가에게 새로움이란 머리를 깨게 하는 도끼 같은 게 아니겠는가. 편집장이 더욱 관심을 보인 것은 국문과에 다니는 윤시아였다. 유능한 성형외과 의사가 만들어 놓은 듯한 그 애의 높은 코끝에는 언제나 자부심이 대롱거렸다. 편집장은 윤시아가 문장력이 뛰어나고 생각이 기발한 데다 재치가 넘친다고 칭찬을 했다. "그까짓 원고 정서하는 데 기발하고 자시고가 어딨니? 정말 눈 뜨고 못 봐주겠어." 미스 정 언니가 가뜩 나온 턱을 더 내밀며 실쭉댔다. 내가 알기로 편집장은 미스 정 언니의 글재주만 좋아하는 것 같았는데 미스 정 언니는 그게 아니었는지도 모른다. 언젠가 목구멍으로 끝도 없이 술을 쏟아 붓던 미스 정 언니가 술김에 내게 흘렸다. "이 부장 내년에도 장가 안 가봐라. 내가 확 데리고 살아 버릴란다."

개학을 앞두고 아르바이트생들이 돌아갔다. 방학 동안 나는 나대로, 미스 정 언니는 언니대로, 이 부장은 이 부장대로, 그 밖의 남자들은 또 그들 나름의 이유로 실컷 흔들렸다. 큰 나무건 작은 나무건 한 달간 불어댄 두 개의 바람에 모두 휘청했다. 하지만 흔들렸다는 게 결코 나쁜 일만은 아니었다. 흔들렸다는 건 깊은 잠에서 깨었다는 뜻이기도 했다. 그녀들이 돌아간 뒤 편집장은 단편소설 하나를 발표했다. 작품 속 여주인공의 이름이 시아였다. "흥! 시아 좋아하시네!" 미스 정 언니와 나는 코웃음을 치며 작품을 함께 읽었다. 그런데 시아가 술 파는 여자였다. 미스 정 언니와 나는 동시에 마주보며 힘차게 하이파이브를 했다. 무슨 심보의 하이파이브였을까. 지금 생각해도 알 수 없는 짓이었다. 어쨌거나 새 작품이 하나 탄생했으니 그 여름 편집장의 흔들림은 축하할 일이었다. 작가가 일상에서 번뜩이는 영감을 얻는다는 것도 어려운 일이거늘, 문단의 평까지 좋은 작품을 생산해냈으니.

나는 편집장이 새내기 여대생들에게 끌린 것에는 나름의 이유가 있을 거라고 믿었다. 한갓 새 것이기 때문은 아니었을 것이다. 그녀들은 충청도 콩나물국 같은 나와는 달랐다. 봄나물무침 같은 새콤달콤한 맛이 있었다고 할까. 그들의 생각과 행동에는 당당함과 상큼한 재치와 자유로움이 있었다. 연둣빛의 뭔가가 그들 주위를 에워쌌다. 그 모든 것이 대학 캠퍼스에서 묻혀온 것이라는 생각이 들었다. 캠퍼스에 부는 바람과 공기가 그들을 맛깔나게 키우고 있다고 느꼈다.

9월이 되었다. 나는 몸통 속에 숨겨놓았던 사다리를 슬며시 꺼냈다. 아버지가 앓고 누워 계신다는 이유로, 혹은 다락방 생활이 재미있어서, 숨겨 놓았다는 것조차도 깜박 잊고 있었던 사다리였다. 낙방했던 대학 쪽으로 사다리를 세웠다. 그해 여름 내 흔들림의 결과는 진학이었다. 집안 형편이 어려웠지만 합격한다면 길이 있으리라 믿었다. 편집장에게 사표를 제출했다. 다음 날 사장이 본사로 불러 퇴사 이유를 물었다. "입시 보려고? 그럼 저녁에 학원 보내줄 테니 일찍 퇴근하여 단과반에 다녀라. 그러면 되겠지, 응? 다시 나오는 거다, 응? 다시 나오는 거다?" 시뻘건 얼굴을 들이밀고 사장이 몇 번이나 당부했다.

나는 사장보다 편집부 식구들의 간곡한 만류를 물리치지 못했다. 사실은 다락방에 내준 내 마음을 쉽게 거두어들이지 못했기 때문에 남았을 것이다. 소설가와 시인과 함께 일하면서 도끼 자루 썩는 줄 모르고 반 년을 살았다. 도끼 자루 썩는 동안 나는 짧은 글 한편도 쓰지 못했다. 일기장에나 몇 줄 끼적거렸을 뿐이다. '오늘 이후의 어떠한 나도, 오늘의 나와 별개로 이루어질 수는 없다. 오늘 가난과 고통 속에서도 아름다움의 한 끝을 잡고 있다면, 이후의 어느 날에 반드시 아름다움의 한 점에 도달해 있을 것이다.'

예비고사가 석 달도 남지 않았다. 종일 공부만 해도 모자랄 판에 영어 수학 단과반 두 개 다닌다고 성적이 향상될 리 없었다. 학원이 끝날 때면 눈이 백 리는 들어가고 허기가 져서 허리가 꺾였다. 밤에 골목 앞에 나와서 기다리는 엄마는 내 꼴을 보고 혀를 찼다. "이그, 되지도 않을 일에 왜 몸만 축내고 그래?"

어느 날 밤 학원 문을 나서는데 남학생 하나가 문 앞 벽에 기대어 서 있었다. 그의 옷이 낯익어 눈에 확 들어왔다. 전날 편집장이 입었던 것과 똑같은 서츠였다. 초록색과 갈색의 굵은 세로줄무늬 옷이었다. 같은 옷인데도 편집장이 입었을 때와는 느낌이 전혀 달랐다. 학생의 몸피가 작아서 서츠가 헐렁하고 길었다. 학생이 쭈뼛거리며 내게 다가왔다.

"꼬마 김 양요, 지 모르시겠습니꺼? 저번에 회사에서 한 번 인사했는데예. 둘 다 재수하니까 친하게 지내보라 안캤십니꺼, 성이…."

"아, 네."

나는 퉁명스럽게 대답했다. 개나 소나 '꼬마 김양'이라고 부르는 것에 불끈 화가 났다. 그리고 그의 긴 설명이 아니더라도 그가 편집장의 동생이라는 걸 금방 알았다. 굵고 낮은 목소리와 대구 억양이 편집장과 똑같았다. 그는 좀 걷자고 했다. 나는 배가 고프고 지쳐서 빨리 집에 가고 싶었다. 내가 선뜻 대답을 않자 그가 고개를 떨어뜨리고는 말했다.

"성하고는 가끔 걸어서 댕기는 것 같던데예."

나는 그의 옆에서 무겁고 피곤한 걸음을 떼었다. 그때 무슨 얘기를 나누었을까. 그는 학원 강사의 서울말을 통 못 알아듣겠다고 했고, 요업과를 지망하는데 형이 반대해서 원망스럽다는 얘기를 한 것 같다. 나는 수학 공부를 따라갈 수 없다고 말했다. 그는 원래 문예창작과를 가고 싶었는데 형이 한 집안에 글쟁이는 하나로 족하다고 해서 요업과로 바꿨는데, 그것도 반대한다면서 조금 울먹였다. 형은 절대로 예술 쪽은 안 된다고 한다면서, 왜 형은 되고 나는 안 되느냐고 했다.

"성한테는 지 왔다고 그카지 마이소."

그 뒤로 그가 세 번인가 학원 앞에서 기다렸다. 그는 매번 형의 옷을 입고 왔다. 형이 며칠 전에 입었던 옷을 걸치고 나온 동생과 함께 걷는 것은 몹시 어색했고 이상한 죄의식마저 느끼게 했다. 아무 사이도 아닌데 형 몰래 만난다는 것이 그랬다. 나는 그 느낌이 싫었다. 목소리와 억양은 딱 형인데 돌아보면 동생이니 번번이 당황스러웠다. 어느 땐 형이었다가 어느 땐 동생이 되는 그가 불편했다. 실상 그와 할 얘기도 없었다. 둘 사이에 '성'을 빼고는 공통 화제가 없었다. 그는 대구에서 올라온 지 얼마 되지 않아 친구도 없고 갈 데도 없고 서울 지리도 몰랐다. 게다가 형은 바쁘고 살뜰하지 않았다. 꿈을 향해 서울에 왔지만 기댈 곳 없고 외로웠다. 외로움이 공부도 방해했다. 그의 텅 빈 마음은 딱했지만 나로서는 남을 배려할 여유가 없었다. 부모도 자식의 고통을 어찌 못하는데 내가 그의 외로움을 어쩌겠는가. 각자 살아내야 할 삶이 있으니 어쩌랴. 결국 그만 오라고 말해 버리고 말았다.

사다리 아래서는 여전히 거북선이 만들어지고 있었다. 소년들은 매일 작은 부품들을 조립하여 거북선을 만들었다. 매일 똑같은 일이었다. 소년들 중 누군가는 내가 사다리를 오를 때 여전히 휘파람을 불었고 초저녁 별 같은 그 소년은 여전히 눈을 반짝이며 그들을 제지했다. 그런 소년들에게 나는 기꺼이 휘파람의 대상이 되어도 좋았다. 매일 똑같은, 단순 작업을 하기는 나도 마찬가지였다. 다만, 매번 다른 인물들의 자료를 고르는 것이 소년들과 다른 점이었다. 그것은 작은 차이지만 엄청나게 큰 차이였다. 그 차이가 아니었다면 다락방에 오르내리는 일을 진즉에 그만두었을 것이다. 그래서 매일 똑같은 부품을 조립하는 일을 되풀이하는 소년들이 애처로웠다. 박차고 나가 봐야 그보다 나은 일이 없으니 그 일을 계속하고 있을 터였다. 이현수는 그 뒤로 내게 한 발 다가올 듯하다가 세 발 물러서곤 했다. 나날이 결연해지는 그의 눈빛만은 멀리서도 보였다.

예비고사가 코앞으로 다가왔다. 아무래도 퇴사를 하고 공부에 집중해야 할 것 같았다. 사장에게 인사를 가는데 이현수가 뒤를 따라 나왔다. 그는 편지 한 통을 주고는 얼른 뒤돌아서 뛰었다. 짤막한 편지였다. 그동안 나의 사다리가 되어 줘서 고맙다. 김 양과 함께 한 시간 동안 나는 결코 모형 거북선을 조립하는 사람이 아니었다. 고통의 자리에서도 꿈을 꾸게 해준 김 양, 정말 고맙다. 잊지 않겠다. 그런 내용이었다. 다음날 회사를 나오며 이현수에게 답장을 줬다. 항상 지켜보는 네 눈빛이 나를 긴장시키고 생각을 키우게 했으니 나 또한 고맙다. 진실로 고통스러워한 자리에는 향기가 남을 터이니, 네가 고통스럽게 꿈을 키운 자리에도 네 이름의 향기가 남을 것이다. 언젠가 다른 곳에서 꼭 한번 만나기를 바란다, 는 편지였다.

나는 K대에 또 낙방했다. 낙방한 뒤로 편집부 식구들

누구와도 연락하지 않았다. 아무도 내가 합격하리라고 기대하지 않았는데도 그랬다. 편집장이 몇 번 전보를 보냈지만 다시 그 다락방에 오르고 싶지는 않았다. 돌아간다 해도 사다리는 이미 내가 날개를 단 듯 타고 오르던 그 푸른 사다리가 아닐 것이었다. 앞으로 어떤 자리, 어떤 사람, 어떤 관계들이 나의 다음 시간을 기다리고 있을지 모르지만 뒤돌아보지 말고 나아가야 한다고 생각했다. 재미있는 페이지만 되풀이하여 읽는 것이 인생은 아니지 않겠는가.

이듬해 1월 아버지가 세상을 떠났고, 나는 서대문 로터리에 있는 야간대학에 입학했다. 오후 다섯 시에 퇴근하는 조건으로 월급을 대폭 깎이고 출판사에 입사했다. 제법 규모가 큰 출판사여서 나의 잠재력을 폭발시킬 기회가 있을 거라 기대했다. 하지만 주경야독은 만만치 않았다. 야근이 일상이 된 여직원들은 일찍 퇴근하는 내 뒤통수에 강력한 레이저를 쏘았다. 나는 가지가지 빛깔의 레이저를 뚫고 등교해야 했다. 가방에 교정지 한 뭉텅이를 구겨 넣고. 그렇게 간 학교에서는 윤시아의 발랄함도 재치도 여유로움도 연둣빛의 상큼함도 찾지 못했다. 밤에 잿빛 건

물을 향해 달려온 학생들의 몸은 지쳐 있었고 시간표는 빡빡했고 마음은 조급했다. 나도 그들과 다르지 않았다. 누구와 섭슬려 다니며 새내기의 낭만을 얘기할 처지가 아니었다. 그저 고개를 떨구고 바삐 강의실을 옮겨 다녔다. 학교를 졸업한다 한들 그 졸업장이 내 삶에 씨알만큼의 도움도 될 것 같지는 않았다. 그래도 열심히 학교에 갔다. 졸업장은 도움이 안 될지라도 그 시간만큼은, 아무리 고달프고 어두운 시간일지라도 그것이 지닌 의미가 있으리라 믿었다.

그때 출판사에서는 세계문학전집을 기획하고, 한 권씩 출간하는 중이었다. 직원들은 타 출판사에서 이미 출간된 동명의 해적판 소설 몇 권을 사서 펼쳐놓고 단어와 문장들을 바꿔 새로운 해적판을 만들어냈다. 겉도 속도 꾀죄죄한 편집장의 지휘 아래. 사장은 그럴 듯한 번역자의 이름을 빌려 표지에 싣기만 하면 되었다. 그렇게 「데미안」도, 「이방인」도, 「싯다르타」도, 「보바리 부인」도 출간되었다. 눈 빠지게 일하고 나면 부끄러움이 돌아왔다. 책이 한 권씩 출간될 때마다 부끄러움은 몇 배로 늘어났다. 부끄러움이 왜 사장의 몫이 아니라 편집자의 몫이어야 했는지 모르겠다. 왕국일 줄 알았던 곳이 어느 사이엔가 낯선 적지敵地가 되어 버렸다. 적지에서 몸과 마음이 상하여 귀가할 때면 어린이세계인물대사전을 펼쳐보곤 했다. 책이 발간된 뒤에 편집장이 보내주었는데, 그 책 속에는 적어도 사장과 편집자들의 독자에 대한 예의가 있었다.

아무리 애를 써도 등록금이 모아지지 않았다. 나는 이 년간 휴학을 했다. 복학했을 때 학교는 학내 문제로 시위가 끊이지 않아 거의 휴강 상태였고, 바깥세상은 유신반대 시위로 시끄러웠다. 박정희가 10월 유신으로 장기 집권에 돌입하자 부산의 대학생들을 중심으로 시위가 시작되었고, 전국적으로 확산되어 가고 있었다. 하루하루가 무겁고 급한 나는 시위 같은 건 쳐다볼 생각도 하지 못했다. 뒤숭숭한 분위기 속에서 졸업을 했다. 졸업과 동시에 중세 암흑기와도 같았던 나의 젊은 날에서도 졸업하고 싶었다. 졸업하던 해에 결혼을 했다. 결국 졸업장은 어디에도 써먹어 보지 못했다. 어렵게 얻은 교사자격증도 책상서랍 밖으로 나와 보지 못했다.

아들 둘이 모두 결혼하여 분가를 하자 남편은 헬스장에

서, 나는 도서관에서 하루를 보내는 날들이 많아졌다. 어느 날 도서관에서 어떤 글을 만났다. 나이 들어가는 여자의 떨림에 대하여 쓴 고백체의 단편소설이었다. 그 소설을, 나는 벌떡 일어서서 읽었다. 그런 전율로 책을 읽은 건 처음이었다. 여러 가지 생각이 나를 떨리게 했다. 언젠가 내가 꼭 써보고 싶었던 글을 누가 발 빠르게 선수를 쳐버린, 그래서 몹시 아쉽고 억울한 마음. 세상에는 나와 똑같은 생각을 하는 사람도 있구나 하는 위로. 그리고 이런 걸 써도 소설이 되는구나 하는 설렘과 희망. 그날 부지런히 집에 돌아와 녹슨 사다리를 가슴 속에서 끄집어냈다.

늦은 나이에 소설로 등단하자마자 나는 다락방 시절 편집장에게 전화를 했다. 마치 그날을 애타게 고대해오고 있었던 것처럼. 그가 대뜸 물었다. "정말 그때 그 꼬마 김 양 맞나? 그 꼬마 김 양이 등단을 했다꼬?" 그동안 그는 대한민국의 문학상이란 상은 다 받은 원로작가가 되었다. 나는 그의 문학적 성취를 독자로서 지켜보고 응원해왔다.

나는 지난주에 단편소설집을 하나 또 낳았다. 그리고 그 책 속의 한 소년이 불쑥 현실에 고개를 내민 것이다. 소년 이현수가 어느 달에 도달해 있을지 궁금하다. 그는 무엇을 만들며 살고 있을까. 지금 나는 그를 만나러 가고 있다. 아니, 푸른 사다리를 오르던 나를 만나러 간다. 타인의 기억 속에 있는 나를 만나러 가는 것이다. 내 속 어딘가에 단단한 살이 되었을 그 시간을 만나러 가는 거다. 어느 시인이 '내 시의 저작권에 대해 말씀드리자면 구름 5% 먼지 3.5% 나무 20% 강 10% 새 5%…'라고 말했듯, 내 인생의 9.5%의 저작권은 가지고 있을 그때를 향해 달려가고 있다.

철컥철컥 전동차가 지하 터널 속을 달리고 있다. 맞은편의 남자는 책을 접어 무릎 위에 놓고 눈을 감는다.

그리하여 숨

1

7시 반에 일어났다. 평소와 같은 시간이다. 북경은 이 아침에도 황사와 고농도 미세먼지에 꼼짝없이 갇혀 있을 것이다. 남편은 지금 북경에 있다. 어젯밤 늦게 남편이 보낸 사진 속 도시는 짙은 황토색이다. 애초에 황토로 빚은 도시 같다. 최근에 발굴한 고대도시 같기도 하다. 마스크를 벗어 손에 든 남편은 황토빛 안개에 싸인 고층 건물들을 뒤로 하고 어정쩡하게 서 있다. 늘 너무 빳빳해서 탈인 남편이 이렇게 구부정하게 서 있는 것은 황사 때문이리라. 마스크는 왜 벗었을까. 하루 사이에 부쩍 늙어 버린 얼굴을 보여 주려고 그랬을까. 이런 곳에 뭣 때문에 보냈냐고 시위하는 마음으로. 기관지도 안 좋은데 괜히 가라고 했나, 후회하는 마음이 잠시 고개를 든다. 대학 동기들이 칠순 기념으로 떠난 3박 4일 여행이다. "다음에 가지 뭐." 하면서 몸을 빼는 남편을 억지로 등 떠밀어 보냈다. '아냐. 잘 보낸 거야. 우리에게 다음이 어딨어. 이제는 뭐든 딱 지금이어야 해.' 혼잣말을 하며 집안의 창들을 활짝 열어젖힌다.

이곳은 오늘 미세먼지가 싹 걷혔다. 강력한 바람 덕이다. 일주일째 미세먼지 농도가 '위험' 수준이더니 거짓말처럼 하늘이 말갛게 세수한 얼굴이다. 뒷산의 초록도 분명하다. 창밖으로 얼굴을 내밀고 흠흠, 초록의 향기를 들이마신다. 언제부터인가 눈으로, 가슴으로 초록을 탐하게 되었다. 곧 실명할 위기에 있는 오른쪽 눈을 위해서, 그리고 항상 공황 발작의 예기 불안을 안고 사는 가슴을 위해서다. 나지막한 평화 같은 녹색을 바라보니 어제 저녁 라디오에서 들은 DJ의 말이 떠오른다. "오늘 하루 무료하고 지루한 날을 보내셨나요? 그랬다면 당신은 행복한 사람입니다." 취업 못한 청춘들에겐 주먹질 날아갈 그 말이 내게는 공감 100프로로 다가왔다. 하루가 무료하고 지루했다는 건 외적으로 아무 변고도 일어나지 않았다는 얘기다. 내부 환경의 항상성 또한 유지되었다는 것이다. 얼마나 감사한 일인가. 아무쪼록 무료한 하루하루를 축제라 여기며 점진적인 쇠락으로 생을 마무리하게 되기를! 시나브로 꺼지는 촛불처럼 삶을 마감하게 되기를!

거실 창가에 놓인 수족관 속을 들여다본다. 간밤에 죽은 놈이 없나 살핀다. 내 얼굴을 본 열대어들이 모두 수면 위로 올라온다. "굿모닝! 간밤에도 모두 잘 잤구나." 이 아침에 살아 있어 준 녀석들이 기특하고 고맙다. 지난 겨울에는 웬일인지 자고 나면 한 놈씩 죽어서 떠올랐다. "저놈의 어항을 치워 버리라니까!" 남편이 고함을 지르곤 했다. 아홉수라 그랬을까, 지난해 겨울엔 유난히 남편 친구들의 부고가 많았다. 가뜩이나 속 시끄러운 날들인데 물고기까지 자꾸 죽어 나가니 견디기 힘들었던 것 같다. 나는 어항을 없애는 대신 얼른 몇 마리를 사다가 채워 넣었다. 어항 속에 밥 알갱이 몇 개를 떨구니 재빠른 블랙구피와 네온테트라가 빠르게 입질을 한다. 먹이를 더 뿌려

주자 다들 달려든다. 아무 생각 없이 꼬리나 흔들며 사는
것 같지만 녀석들에게도 생각이 있고 성격이 있고 취향
이 있다. 평생 수족관의 아래쪽에서만 놀다가 죽는 놈이
있고 위에서만 노는 놈이 있다. 항상 둘이 붙어 다니는 놈
이 있고 혼자 돌 속에 머리를 박고 노는 놈이 있다. 어항
의 유리에 딱 달라붙어 노는 놈이 있고 수초의 넓은 잎 위
에서 노는 놈이 있다. 넓은 잎의 수초 몇 뿌리를 어항 속
에 넣어줬더니 레드구피들이 가장 큰 잎을 두고 자리다툼
을 벌인다. 다른 잎에는 절대로 안 올라가고 어느 놈이 이
미 차지하고 누운 그 큰 잎만 탐내며 주위에서 뱅뱅 돈다.
그러다가 먼젓놈이 잠시 잎에서 내려오면 다른 놈이 얼른
그 위에 올라가서 자리를 차지한다. 비스듬히 누워 요염
한 자세를 취한다. 일 센티밖에 안 되는 열대어들이 머리
쓰는 걸 보면 저절로 웃음이 핀다. "무슨 물고기들이 누
워서 쉴 생각만 하냐. 당신처럼 게으르네." 그렇게 말하
면서 남편은 레드구피들의 쟁탈전을 보려고 오며가며 어
항 속을 들여다본다. 그리고는 낄낄 대며 웃곤 한다. "늙
어선 움직이는 걸 키워야 해. 화초 기르는 것보다 백 배
나아. 강아지보단 못해도." 하면서 큰언니가 권해서 키우

게 된 열대어들인데, 아닌 게 아니라 마음이 구겨진 콜라 캔 같을 때 녀석들의 하는 짓을 바라보고 있으면 마음이 판판히 펴지는 걸 느낀다. 십오 년 이상 키운 개 세 마리를 차례로 저 세상 보내고 다시는 개하고는 인연 맺지 않기로 한 우리 부부에게 딱 맞는 것 같다.

카톡이 울려댄다. 세례 받는 걸 축하해. 대속 받은 주의 자녀로 거듭남을 축하해! 비로소 주님의 자녀 됨을 축하해. 주님의 은혜 안에서 오늘도 보람찬 하루 되자~ 언니들은 그렇게 요란한 문자들을 보내왔다. 꽃다발과 케이크도 몇 개씩이나 딸려 있다. 세례 받는 나보다 언니들이 더 좋아한다. 그동안 세례 받는 걸 몇 차례 미뤄왔다. 긴가민가하여 도통 믿음이 생기지 않아서다. 세례 받는 오늘도 나는 엉터리 신자다. 진화론 쪽에 무게를 두고 있다가 늘그막에 갑자기 창조론을 믿기가 쉬운 일이 아니다. 그래서 나는 하느님도 믿고 사람도 믿는, 하느님이 가장 싫어한다는 부류에 속한 채 교회에 다니고 있다. 몇 해 전, 총알처럼 무자비하게 내 삶의 옆구리를 뚫고 들어온 공황장애가 아니었다면 아마 교회에 나가는 일은 없었을 것이다. 나는 언니들에게 아멘! 답장을 날린다. 까짓 아멘

쯤이야!

　냉장고에서 사골 덩이를 꺼낸다. 재탕까지 끓여먹고 보관해둔 것이다. TV에 나온 한의사가 삼탕에 칼슘이 더 많다고 하길래. 스테인리스 들통에 사골을 넣고 물을 붓는다. 가스 불을 중불로 한다. 물의 양이 적어 오래 끓이지 않아도 될 것이다. 욕실 앞에다 옷을 벗어 두고 샤워하러 들어간다. 욕실 문을 조금 열어 놓는다. 나는 방이든 어디든 문을 꼭 닫지 않는 습관이 있다. 욕실 안이 선뜩하니 춥다. 문을 슬쩍 닫고 재빨리 샤워를 한다. 예배는 10시에 시작이다. 교회는 걸어서 10분 거리에 있다. 샤워 마친 다음 아침 먹고 커피 마시고 천천히 걸어가면 된다. 그게 일요일 아침 나의 일상이다.

　그런데 욕실 문이 안 열린다. 손잡이의 잠금장치는 눌려 있지 않았다. 당연하다. 내가 눌러 놓지 않았으니까. 아니, 문을 꼭 닫지도 않았다. 그저 슬쩍 밀어놓았을 뿐이다. 문을 꼭 닫았다 해도 저절로 잠기지는 않는다. 바늘처럼 가느다란 잠금장치는 손으로 잡아당기니 쑥 빠진다. 잠금장치를 빼냈지만 문은 열리지 않는다. 안 잠갔는데 제까짓 게 왜 안 열리겠어. 나는 침착하려 애쓴다.

2

나는 갇혔다. 갇히고 말았다. 갇혔다는 것을 인식하는 순간, 발가락 끝이 후끈하더니 순식간에 머리끝까지 열기가 뻗친다. 두피가 뜨끈뜨끈해진다. 금세 얼굴이 달아오르고 심장이 모진 방망이질을 한다. 호흡이 가빠진다. 머릿속에 태국 행 비행기 한 대가 뜨고, 몸이 떨려온다. 나는 세면기 수도꼭지에서 물을 한 컵 받아 급히 들이켠다.

괜찮아, 열릴 거야. 문을 안 잠갔잖아. 천천히 호흡을 하면서 다시 문을 연다. 손잡이를 살살 부드럽게 돌려 본다. 안 열린다. 있는 힘껏 당긴다. 좌로 우로 비틀어 본다. 문은 열리지 않는다. 욕실 안을 둘러본다. 손잡이를 부술 만한 기구가 보이지 않는다. 샤워기 헤드를 빼어 문의 손잡이를 냅다 때려 본다. 하지만 플라스틱 헤드만 동강나고 만다. 샴푸 통으로 내려쳤지만 통만 찢어지고 샴푸 덩어리가 이리저리 튀어 미끄럽기만 하다.

"누구 없어요? 사람이 갇혔어요!" 소리를 지르며 두 손바닥으로 문짝을 두드린다. "여기 사람이 갇혔어요!" 주먹으로 두드리고 팔꿈치로 두드린다. 헉헉, 숨이 차오른다. 긴 숨을 토해본다. 마음이 진정되지 않는다. 아무리 문을 두드려도 바깥에서는 기척이 없다. 주먹에 피가 맺힌다. 안되겠다. 문을 부숴야겠다. 문짝을 사정없이 잡아당긴다. 있는 힘껏 발로 찬다. 목욕의자로 문을 때린다. 문은 꼼짝도 하지 않는다. 보기에는 발로 한번 뻥 차면 문짝 가운데에 구멍이 뻥 뚫릴 것 같은데, 문짝은 맞은 흔적만 남긴다. 대야로 타일바닥을 두드린다. 제발 층간 소음으로 달려오라고. "사람이 갇혔어요! 살려 주세요!"

사골 끓는 냄새가 문틈으로 솔솔 들어온다. 들통 속에서 사골이 한창 끓고 있는 모양이다. 뽀얗게 국물이 우러나고 있을 것이다. 국물이 다 졸아붙기 전에 나가야 할 텐데. 그래, 그때까진 나갈 수 있을 거야. 여긴 내 집이잖아, 하면서 물을 또 마신다. 가쁘게 밀려오는 숨을 가라앉히려면 물이라도 마셔야 한다. 목욕탕의 시계는 벌써 여덟시 반이다. 동물병원 개원할 때 받은 방수시계인데 개는 죽고 시계만 남아 있다. 내 집 욕실에 삼십 분 이상 갇혀 있다니 이해할 수 없는 일이다. 염치 불구하고 하느님을 부른다. "주님, 저 오늘 세례 받으러 교회 가야 해요. 아시죠? 근데 지금 제가 목욕탕에 갇혔는데 나갈 길이 없습니다. 이토록 아무것도 할 수 없는 제가 그동안 주님의 능력과 은혜를 믿지 못했습니다. 저를 불쌍히 여기고 용서해 주세요. 그리고 여기서 저를 꺼내 주세요. 기도가 주님께 닿는 속도가 빛의 속도라고 들었습니다. 물고기 뱃속에서 요나를 토하게 하신 것처럼, 부디 이 욕실이 저를 왈칵 토하게 해주세요." 눈물로 기도를 한 다음 손잡이를 살며시 돌려본다. 기적은 일어나지 않는다. 삼십 분 이상 SOS를 쳤지만 내 간절함은 아무에게도 전달되지 않는다. 옆집 젊은 부부는 어제 알프스로 트레킹을 떠났다. 이주일 동안 집을 비운다고 인사를 왔었다. 평일이라면 혹시 우체부나 택배 아저씨가 올지도 모르지만 일요일인 오늘 우리 집 벨을 누를 사람은 없다. 이곳에서 누가 죽는다 해도 아무도 모를 상황이다. 완벽하게 고립무원이다. 쿵쾅거리는 심장 소리가 머리끝에서도, 발끝에서도 들린다. 물을 또 마신다. 어떻게 해야 내 외침이 아래윗집에 들릴까. 환풍기를 향해 소리를 지른다. "사람이 갇혔어요! 도와주세요! 살려 주세요! 누구 없어요?" 떨리는 목소리가 우렁우렁 울린다.

사골 국물 냄새가 진하게 난다. 양이 줄어들고 있을 것이다. 곧 있으면 국물이 다 졸아붙을 것이다. 그 뒤의 일을 상상하는 것만으로도 머릿속이 압축되는 것 같다. 이제 꼼짝없이 죽는가 보다. 질식사를 하든 불에 타서 죽든, 어쨌든 내 집에서 죽게 생겼다. 치명적인 적은 너희 집 그늘에 있다는 말이 떠오른다. 누가 왜 그런 말을 했을까. "살려주세요!! 누구 없어요?" 쉼 없이 초침이 움직이고 있다. 이제 흐르는 시간에만 무한의 뜻이 담겨 있고 내 소리와 몸부림에는 아무런 의미가 없다. 춥다. 수납장에서 수건을 몇 장 꺼내어 위아래에 두른다.

　핸드폰 벨소리가 울린다. 누굴까. 요동치는 내 심장은 아랑곳없이 식탁 위의 핸드폰은 엘가의 '사랑의 인사'를 잔잔히 연주한다. 큰애의 결혼식 날 신랑 신부 엄마들이 촛불을 켤 때도 저 음악이 첼로로 연주되었었다. 그날에야 어찌 알았을까. 일 년에 두어 번 아들 얼굴 보는 것에도 며느리 허락을 받아야 할 줄을. 아들의 승진 소식을 사돈을 통해 듣게 될 줄을. 큰애는 지금 메뚜기처럼 이리 뛰고 저리 뛰는 아이들을 진압하여 교회에 갈 준비를 하고 있을 것이다. 핸드폰 벨이 계속 울린다. 저것만 갖고 들어

왔더라면. 나는 벌떡 일어나 손잡이를 마구 흔든다. 위아래로 비틀어 당긴다. 부서져라 흔든다. 문짝을 발로 찬다. 핸드폰 벨소리가 멈춘다. 작은애였는지도 모르겠다. 작은애는 처가에 가 있느라 한참 못 왔다. 딸아이를 낳아 육아휴직 중이다. 저녁 먹으러 집에 오겠다는 전화였을까. 늦게라도 와준다면 그가 바로 구세주인데 통화가 안 되었으니 오지 않을 것이다. 약속하지 않고 불쑥 오고 가는 일은 피차에 없으니까. 이 순간에 운명적인 끌림으로 나를 구하러 달려올 사람이 세상에 하나도 없을까. 남편은 지금 뭘 하고 있을까. 가슴을 찌르는 날카로운 불길함에 걷던 발걸음을 문득 문득 멈추기라도 할까. 아마 그렇지는 않을 것이다. 남편과 나는 텔레파시가 팍팍 통하는 사이가 아니다. 나와 남편은 세상을 바라보는 창이 너무나 다른 방향, 너무나 다른 높이에 있다. 그렇더라도 남편 생각이 간절하다. 혼자 움직일 때는 반드시 핸드폰을 소지하라고 잔소리하던 남편이 보고 싶다. 고작 몇 년 일찍 태어났다는 이유로 자기가 먼저 세상 떠난다는 것을 기정사실로 믿고 있는 남편은 자기 사후에 내가 불편 없이 살도록 하려고 나를 호되게 단련시켰다. 그 덕에 왕기계치인 내가 아이들에게 이메일도 보내고 남편의 문서도 작성해주고 인터넷 뱅킹도 하고 영화도 인터넷으로 예매하여 혼자 다니게 되었다. 마트에도 자주 안 가고 인터넷 배송시켜 살고 있다. 남편의 닦달이 아니었으면 죽었다 깨어도 못 배웠을 컴퓨터이다. 그렇게나 자기가 먼저 죽는다는 확신에 차 있었는데, 이 남자를 어쩔까. 집과 아내를 모두 잃은 뒤에야 돌아오게 생겼으니. 아이들은 오늘 저녁 뉴스를 보고 알게 되려나. 자식들은 어미 생각에 한동안 비통해하겠지만 아픔은 곧 희미해져 갈 것이다. 모두 짝을 찾았고 제 아이들을 낳았으니 그들에게서 위로를 받고 삶의 이유를 찾으며 살아갈 것이다. 재혼하기에는 늦었고 라면도 안 끓여본 남편이 오로지 걱정이다. 나만 닦달했지, 자신은 마누라 죽은 뒤에 혼자 살아갈 대비를 눈곱만큼도 하지 않았으니 말이다. 내키지 않아하는 사람을 뭣 때문에 기를 쓰고 북경으로 떠밀었을까. 아니, 만약 누군가 오늘 나의 죽음을 예비해 놓았다면 어찌되는가. 남편의 여행은 불가항력이 아니었겠는가. 맞벌이인 옆집 부부마저 오래 집을 비우게 만들지 않았는가. 그 집 화장실에서는 내 소리가 들렸을지도 모르는데. 아랫집 301호 부부는 아침 일찍 어디로 외출을 시켰을까. 501호 노부부는 또 어디로 피신을 시켰을까. 멀쩡하던 한 사람을 죽음으로 몰기 위해서는 모든 조건이 완벽히 예비되어 있어야 하겠지. 나는 뭔지 모르는 힘에 걸려들었다는 생각이 들었다. 그렇지 않고야 잠그지도 않은 문이 왜 안 열리느냐 말이다. 가슴이 쿵쿵 두근대며 오그라든다. 가슴에 극심한 통증이 온다. 꺽꺽 숨이 차오른다. 숨을 평생 한 번도 못 쉬어 본 것처럼 온전한 숨이 그립다. 물을 마시고 목욕의자에 주저앉는다. 팔다리에 힘을 빼고 몸을 이완시킨다. 가슴이 뻐근할 만큼 숨을 깊이 들이마셨다가 힘을 주어 빨리 뱉기를 반복한다.

사골 국물이 졸아붙는 냄새가 난다. 내 가슴만큼 바짝바짝 졸아붙는 냄새다. 국물이 얼마 남지 않았을 것이다. 가스레인지에 사골만 올려놓지 않았더라면 이 상황을 견디기가 좀 수월했을까.

태국에 다녀오고 나서 보름이 지난 뒤, 나는 입원했다. 젊은 정신과 의사는 결혼 전의 우리 아들들처럼 다감했다. "얼마나 힘드셨어요? 공황 발작이 일어나면 당장 죽을 것처럼 두렵고 힘들죠. 그런데 절대로 그로 인해 죽지는 않아요. 공황장애의 요인은 상당히 여러 가지가 있어요. 통상 스트레스 때문에 온다고 생각하지만 꼭 그런 것은 아니고 말하자면 부교감신경의 오작동에서 온다고 봅니다. 환자분의 경우는 폐소공포증으로 공황발작이 온 것 같네요. 폐소공포증은 어딘가에 갇혔던 기억이 있던 사람이 그 트라우마로 인해 생기기도 하고, 성적 상처나 권위체에 대한 상처가 무의식에 억압되어 있다가 변형되어 어떤 특정 상황을 두려워하는 형태로 나타나기도 해요. 하지만 그런 이유 없이 생기는 경우도 있어요. 혹시 무슨 억압이 있으세요? 아니면 전에 어디 갇힌 적이 있으신지?" 나는 의사의 설명을 들으며 '권위체'와 '억압'이라는 단어를 덥석 물었다. 깊은 비밀을 들킨 듯 움찔하면서. 그때 남편이 나를 바라보며 말했다. "억압은 무슨. 전에 어디 갇혔던 적이 있어?" 남편과 눈이 마주치자 나는 덥석 물었던 말을 슬며시 뱉었다. 그래, 이 억압이 특별히 내게만 있는 것이겠는가. 결혼에 묶인 모든 사람들이 가지고 있는 게 아니겠는가. 원래 독신에는 외로움이, 결혼생활에는 숨막힘과 노여움, 좌절이 따른다고 프랑스의 어떤 작가도 말하지 않았는가. 또한 사람은 어느 상태에서든 행복을 누리는 재간이 썩 뛰어나지 않다고.

　태국 행 비행기 안에서 처음 그런 고통과 만났을 때 나는 갇혔기 때문이라고는 생각도 하지 않았다. 비행기 안이 그다지 좁은 공간이 아니고 많은 사람들이 아무렇지도 않게 잠을 자거나 책을 보거나 TV를 보고 있지 않았는가. 나는 다만 창문을 열 수 없어서 그렇다고만 생각했다. 창을 한번만 열 수 있다면, 바람 한 모금만 마실 수 있다면 고통은 금방 사라질 것 같았으니까. 차라리 비행기가 추락하는 게 낫겠다 싶을 만큼 극심한 호흡곤란이 왔다. 숨을 한번만 제대로 쉴 수 있다면 더 이상 바랄 게 없을 것 같았다. 처음에 얼굴이 후끈 달아올랐을 때는 더워서 그런 줄 알았다. 카디건을 벗었다. 하지만 열기는 순식간에 발끝까지 퍼졌다. 속이 메스껍고 가슴이 터질 듯 뛰었다. 전신에 마비가 오는 듯하여 몸을 어떻게 해야 할지 알 수 없었다. 하지만 옆자리에 앉은 남편은 내 고통을 체감하지 못했다. 긴 다리를 좁은 좌석 안에 구겨 넣고 앉았으니 그것에만 짜증이 나 있었다. "왜 그래? 일본 갈 땐 괜찮았잖아." 그런 소리만 해댔다. 그렇긴 했다. 제주도나 일본 갈 땐 아무렇지도 않았다. 그랬으니 호기롭게 태국 행 비행기를 탔다. 남편이 내 상태를 체감한다고 해서 달라질 건 없었다. 비행기를 금방 착륙시키든가 창문을 열어젖히기 전에는 달라질 게 없었으니까. 승무원들도 아무 방법이 없다고 했다. "오늘 따라 만석이라 좌석을 옮겨 드릴 수도 없네요. 함부로 약을 드릴 수도 없고." 과연 좌석은 꽉꽉 찼다. 크리스마스를 따뜻한 나라에서 보내고 싶은 사람들이 비행기 안을 가득 메우고 있었다. 승무원이 종이봉투 하나를 내밀었다. "여기다 숨을 불어넣어 보세요." 다닥다닥 붙어 앉은 사람들 틈새에 끼어 앉았건만 나는 먼 바다의 이름 없는 섬에 홀로 떨어진 것처럼 막막하고 무서웠다. 이렇게 많은 사람들과 나란히 앉아, 남편 옆에 나란히 앉아 죽을 수도 있겠구나, 생각하며 종이봉투에 후우후우 숨을 불어넣었지만 입이 바짝바짝 말라 더 고통스러웠다.

귀국행 비행기에서의 고통은 몇 배 더 컸다. 그건 온몸으로 예측한 고통이었으니.

아홉 시다. 바깥은 봄날인데. 겨우내 촛불과 태극기로 흔들리던 나라에도 봄은 왔는데. 가로에 탐스럽게 핀 이팝나무꽃이 풍년을 예고하는데. 얼마 후면 우리 교회에서 세례식이 거행될 텐데. 저깟 문 하나를 못 열어서 내 집에서 죽게 생겼다. 나는 또 벌떡 일어나 손잡이를 잡아당긴다. 아래위로 미친 듯 흔든다. 아래층 어느 집에서 쫓아올라오길 바라며 대야가 깨질 때까지 바닥에 팽개친다. 주먹으로 문을 두드리고 발로 찬다. 머리가 후끈거리고 온몸에 땀이 쏟아진다. 팔다리가 뒤틀리는 것 같다. 물을 마시고 목욕의자에 주저앉는다. 저 사골 국물이 다 졸아붙고 들통이 다 타도록 나를 구하러 올 사람은 없어 보인다. 이렇듯 한 방에 훅 가는 게 사람 목숨인 걸, 시나브로 꺼지는 촛불처럼 어쩌구… 하면서 까불었다.

복식호흡을 계속한다. 공황 발작이 시작되면 몸을 이완시키고 복식호흡을 하라고 의사가 알려주었다. 다시 힘을 모아 손잡이를 돌려본다. 문은 꿈쩍도 않는다. 문을 두드린다. "제발 살려주세요! 누구 없어요?" 환풍구 쪽을 향해 고함을 지른다. "하느님! 저를 불쌍히 여기옵소서! 저를 살려 주옵소서!"

태국 갔다오는 비행기 안에서 나는 살아남았다. 왜 그런 고통을 겪었는지 알지 못한 채. 하지만 비행기는 다시 못 타겠구나, 생각했다. 그 동안 남편의 일 때문에 해외여행을 미루고 미뤄왔었다. 일은 핑계고 실은 남편이 여행에 그다지 흥미가 없는 사람이었다. 어쨌든 남편이 일에서 해방되고 더 이상 핑계 거리가 없어지자 해외여행을 좀 다녀볼까 했는데 상황이 그리 되었다. 갈 수 없는 이유가 분명해지자 해외여행은 곧바로 '신포도'가 되었다. 가봐야 별 거 있어? 패키지로 쫓아다니려면 피곤하기만 하지 뭐. 대한민국이 얼마나 좋은데. 해외 갔다온다고 인생이 엄청 업그레이드되는 것도 아니잖아. 그러나 내 생각과는 달리 전 국민이 집단 전염병에라도 걸린 듯 둘만 모여도 해외여행, 셋이 모여도 해외여행, 어떤 모임엘 가도 해외여행 얘기다. 동네 마실가듯 해외로 나간다. TV에도 신문에도 온통 여행 프로, 여행 기사다. 경기는 바닥이라고 하는데 누구 얘기인지 모를 지경이다. YOLO가 유행하면서 더욱 그런 것 같다. 요즘은 YOLO 쫓다가 골로 가는 골로족이 생겨난다고도 한다. 내가 택한 YOLO는 집 뒤의 숲을 산책하는 일이다. '숲을 산책하고 왔더니 내 키가 나무보다 훨씬 커져 있었다'라는 헨리 데이비드 소로의 「월든」을 가슴에 품고.

들통 속은 지금 어떤 상황일까. 국물은 거의 졸았을 것이다. 이제 사골이 바지직 바지직 타들어 갈 것이다. 나는 끝내 내 집의 화장실에 갇혀 타죽고 마는 걸까. 집귀신으로 있으면 안전할 줄 알았건만. 손바닥과 주먹은 붓고 피가 맺혀 더 이상 두드릴 수가 없다. 머리통으로 문을 쾅쾅 때린다. "사람이 갇혔어요. 구해 주세요!" 많은 사람들이 옆으로, 아래위로 겹겹이 쌓여 살고 있건만 나를 구해줄 한 사람이 없다. 나는 욕조에 걸터앉는다.

태국 다녀오고 나서 열흘 뒤에 혼자 영화를 보러 갔다. 천만 관객이 찾은 영화라고 했다. 불이 꺼지고 영화가 시작되었다. 내 좌석은 맨 뒤편이었고 내 눈 아래에는 엄청나게 많은 시커먼 뒤통수들이 들어차 있었고 비상구의 초록빛 불빛은 너무도 멀리에 있었다. 어둠 속 멀리에 있는 비상구를 보자 멀쩡하던 얼굴이 갑자기 홧홧 달아오르기 시작했다. 전조 증상이었다. 비행기 안에서도 그랬었다. 열기는 금세 발끝까지 뻗쳤다. 나는 가방을 움켜쥐었다. 곧이어 가슴이 뛰고 호흡이 가빠졌다. 나는 숨을 쉬어야 했다. 더듬더듬 숨을 찾아서, 주인공 배우의 얼굴도 보지 못하고 영화관을 뛰쳐나왔다. 이제 영화도 못 보게 되었다. 비행기만 안 타면 사는 데 지장이 없을 줄 알았는데.

하지만 그때도 나는 왜 그런 상황을 겪게 되었는지 원인을 알지 못했다. 어쨌거나 영영 비행기를 못 타겠구나, 생각했을 때보다 더 절망적이 되었다. 비행기는 일생에 몇 번이지만 영화관은 한 달에도 몇 번이었으니. 나는 자주 혼자서 영화를 보러 다녔다. 영화를 보고 큐레이터의 해설을 듣고, 영화관 아래층에서 국수를 먹고 그 옆에 있는 서점에 들러 책 구경을 하는 것이 내 소소한 사치요 기쁨이었다. 집 밖에서 소박하게 숨통을 틀 수 있는 일상의 환풍구 같은 것이었다.

영화관에 다녀온 사흘 뒤에 또 다시 호흡곤란이 찾아왔다. 이번에야 말로 가장 강력한 태풍 같은 증세였다. 몸을 갈기갈기 찢어서라도 내 몸에서 탈출하여 숨을 쉬고 싶었다. 서울 가는 좌석버스 안에서였다. 버스는 이미 고속도로에 진입해 있었다. 20분을 무정차로 달려야 다음 정류장에 닿는다. 나는 20분 뒤에 살아 있을 것 같지 않았다. 나는 벌떡 일어나 새된 소리를 질렀다. "기사님! 나 죽을 것 같아요! 나를 내려주고 119 좀 불러 주세요!"

그렇게 나는 입원하게 되었다. 문병 온 친구들에게 투덜거렸다. "무슨 이런 개떡 같은 인생이 다 있니? 뭣 때문에 내가 바깥에 나가는 꼴을 못 보는 거냐구. 비행기도 안 되고, 영화관도 안 되고, 버스도 안 되고. 대체 누가, 무슨 이유로 그러는 걸까. 집 귀신으로 있으면 안전할까?"

의사와 남편은 내게 갇혔던 기억을 물었다. 특히 남편은 억압의 혐의를 뒤집어쓸까봐 그랬는지 갇혔던 기억에 대해 집요하게 물었다. 갇혔던 기억? 있기는 했다. 아주 오래 전 일이라 최근에 그 일을 떠올려본 적은 없었다. 하지만 그로 인해 문을 잠그지 않는 습관이 생겼으니 어쩌면 그 기억은 기억이 아니라 진행 중인 현실이었던 걸까.

그 새벽, 나는 같은 학교 가정과 교사인 고 선생과 국어 교사인 박 선생, 그리고 그녀의 남편과 함께 김천역에 내렸다. 서울역에서 일요일 밤 11시 30분에 떠난 경부선 열차는 월요일 새벽 3시 30분에 김천역에 닿았다. 김천에서 상주 가는 첫 버스는 5시 20분이었다. 우리는 그 버스를 타고 30분을 가면 되었다. 일행들은 역 앞의 여인숙에서 눈을 잠시 붙이고 6시 40분 버스를 타고 들어가자고 했다. 교사 중 서울 사람은 나 혼자였으므로 새벽에 김천역에 떨어지면 혼자 대합실에서 기다리다가 4시 반에 상주 쪽으로 가는 사람들과 택시 합승을 했다. 통금 해제가 된 뒤에야 택시들이 움직였다. 난로도 없는 겨울 대합실에서 한 시간을 나무의자에 쪼그리고 앉아 기다릴 때면 몸이 뻣뻣이 얼었다. 그때마다 나는 결심했다. 다음에는 꼭 일요일 낮에 내려와야지. 하지만 그 다음 달에도 내 몸은 옹송그린 채 밤기차에 실려 있었다. 밤새 잠 안 자고 지분대는 남자들 옆에. 토요일 저녁 서울 집에 도착했다가 겨우 잠만 자고 일요일 낮에 내려간다는 게 쉽지 않았다. 마음도 발도 집에 딱 달라붙어 안 떨어졌다. 한 달에 한 번 가는 집이었다. 엄마가 싸준 반찬 보따리를 들고 남동생이 매번 서울역까지 따라 나와 배웅을 해주었다. "다음엔 꼭 낮에 내려가." "알았어." 동생과 나는 그렇게 말하고 헤어졌지만 그것은 언제나 빈말이 되었다. 그날은 다행히 서울에 볼일 보러 온 동료 교사들이 있었다.

나와 고 선생이 한 방에 자고 박 선생 부부가 옆방에 들었다. 방이라고 해봐야 삼면에 하얀 칠이 된 벽에 창문도 없고 두 명이 겨우 잘 수 있는 공간이었다. 창고 같은 그런 방들을 일렬로 쭉 붙여 놓은 여인숙이었다. 자려고 누웠는데 배가 사르르 아팠다. 기차에서 마신 찬 맥주 때문인 것 같았다. 잠시 참았지만 더욱 아파왔다. 화장실에 가야 할 것 같았다. 창도 없이 사방이 막혔으니 암흑이었다. 더듬더듬 스위치를 찾았다. 불을 켰다. 다행히 고 선생은 잠을 깨지 않았다. 조용히 방문 손잡이를 돌렸다. 그런데 문이 열리지 않았다. 손잡이 가운데에 있는 배꼽 같은 잠금장치를 꾹 누르고 잤는데, 아무리 손잡이를 돌려도 그게 튀어나오지 않았다. 고 선생을 깨웠다. "와예?" 고 선생이 눈을 반쯤 뜨며 물었다. 배가 아픈데 방문이 안 열린다고 하니, "잘 열어보이소." 하고는 고 선생은 돌아누웠다. 안에서 아무리 손잡이를 돌려도 문이 열리지 않았다. 배는 점점 더 아팠다. 나는 옆방 벽을 두드렸다. 벽이랄 것도 없었다. 쾅쾅 울리는 합판이었다. "박 선생, 우리 방문이 안 열려. 나 배 아픈데…. 미안하지만 밖에서 한번 열어봐 줘." 박 선생이 알았다고 하며 우리 방문을 열려고 애를 썼지만 열리지 않았다. "박 선생, 주인 좀 깨워줄래?" 박 선생이 주인을 깨우러 갔다. 그때부터였다. 내 속에서 불안이 붉은 꽃잎처럼 번지며 활짝활짝 피어나기 시작한 것은. 주인이 와도 문이 열리지 않으리라는 불안한 예감이 나를 휩쌌다. 참 이상했다. 나로서는 평생 처음 당하는 일인데 마치 겪은 일처럼 뒷일이 그려졌다. 박 선생이 주인을 깨워 왔다. 쩔그렁거리는 소리와 함께 온 주인의 목소리에는 짜증이 잔뜩 담겨 있었다. "아니, 왜 문이 안 열린다고 사람을 깨우고 그래?" "죄송해요." 밤중에 배가 아픈 게 무슨 죄인 양 나는 주눅이 들어 말했다. 주인이 열쇠를 구멍에 넣고 돌리는 소리가 들렸다. 몇 번이나 돌려보는데도 문이 열리지 않았다. "이거 고장인가, 문이 안 열리는데? 아무래도 열쇠쟁이가 와야겠어요." "열쇠쟁이요? 언제 올 수 있는데요?" "지금 깨울 수야 없잖소. 네시 반밖에 안 됐는데. 여섯 시나 돼야 깨우지 않겠어요?" "나 배 아프단 말예요." "좀 참아 봐요." 주인 남자는 슬리퍼를 끌고 가버렸다. 그 동안 눈 좀 붙이라고 말하고는 박 선생도 방으로 들어갔다. 참아 보라니. 눈좀 붙이라니. 자기들은 설사할 것 같은 배를 끌어안고 눈을 붙일 수 있나. 고 선생은 바깥에서 그런 소란을 떠는데도 깨지 않았다. 바로 그때 열리지 않은 문 안에 갇혀 죽은 화가가 떠올랐다. 그러자 방안에 있던 공기가 갑자기 싹 사라진 듯 호흡하기가 힘들었다. 입이 바짝 말랐다. 놀라서 그랬는지 아픈 배는 슬며시 가라앉았다. 옆에 고 선생이 있고 옆방에 박 선생 부부가 있는데도 나는 두려움에 사로잡혔다. 불을 켜놓은 채 방안을 서성댔다. 숨이 가쁘고 온 몸에 진땀이 배어 나왔다. 입을 크게 벌리고 숨을 쉬었다. 소설 속 그 화가 때문에 기시감이 느껴졌던가 보다. 고 선생을 깨웠다. "고 선생, 눈 좀 떠 봐. 나 죽을 것 같아." "화장실 안즉 몬갔어예?" "방문이 고장 나서 안 열려. 여섯 시나 돼야 열쇠쟁이가 온대." "그라몬 쪼매만 누버 자지 와 그라예?" 고 선생은 그렇게 말하고 눈을 감았다. 그녀의 말이 백 번 옳았다. 배 아픈 것도 나았고, 잠시 자고 있으면 열쇠집에서 올 것이다. 그걸 알면서도 나는 숨을 몰아쉬며 공포에 떨었다. 고 선생은 도톰한 입술에 미소를 띠고 새벽잠에 빠져 있었다.

9시 반이 다 되어 간다. 사골 타는 누린내가 문틈으로 삐질삐질 들어온다. 으슬으슬 춥다. 체온이 떨어지나 보다. 물을 한 컵 마시고 욕조에 따뜻한 물을 받기 시작한다. 집에만 있으면 안전할 줄 알았는데, 결국 내 집에서 이렇듯 최후의 한 방을 맞는다. 내 집 그늘에서. 그래도 저놈의 사골만 아니라면 따뜻한 물속에 들어가 체온을 유지하고 수돗물을 마시며, 그래도 숨을 쉬며 숨다운 숨을 그리워하며 어떻게든 연명할 수 있을지도 모른다. 남편이 돌아올 때까지. 설혹 내가 욕실 안에서 질식사한다 해도 저놈의 사골만 아니라면 남편이 집을 잃는 일은 없을 것이다. 수족관의 열대어들은 어쩌고 있을까. 거실에 매콤한 냄새가 퍼졌을 텐데. 구피와 네온테트라 들에게 못할 짓을 한다는 생각이 든다. 좁은 수족관에 여러 마리의 놈들을 가둬놓고 들여다보며 낄낄대다가 이제 떼죽음시키게 되었으니 말이다. 팔꿈치로 문을 두드려본다. "사람이 갇혔어요! 좀 도와 주세요!" 내 소리만 웅웅 울려댄다. 이곳은 섬이다. 수많은 배가 지나가지만 누구의 눈에도 뜨이지 않는. 나는 스르르 주저앉는다. 이 시간에 불현듯 내 생각에 사무쳐 허위단심 달려올 사람이 없을까. 혹시 엄마가 살아 계셨다면 벼락의 한끝을 맞은 것처럼 허둥지둥 쫓아 오셨으려나.

"여보세요! 살려 주세요! 누구 없어요? 사람이 갇혔어요!" 목이 터져라 소리를 지른다. 문짝을 발로 차고 손으로 마구 잡아당겨 본다. 문은 꿈쩍도 하지 않는다. 아래윗집이 다들 집을 비웠다면 내 소리는 누가 들을까. 나는 물이 반쯤 찬 욕조 속으로 들어간다. 몸을 뉘어 등을 기댄다. 상체는 거의 물 밖에 나와 있다. 가슴까지 잠기도록 깊이 누우면 금방 호흡이 가빠지므로 나는 언제나 몸의 절반만 물속에 담근다. 따뜻한 물속에 있으니 두근거림이 조금 가라앉는다. 하지만 변수가 없는 한 나는 죽을 것이다. 어차피 죽게 되어 있는 사람이라는 걸 알아서 그랬는지 공황 상태가 슬쩍 가라앉았다. 병도 제가 물러설 자리를 아는 모양이다. 스테인리스가 불에 달아오르는 냄새가 난다. 이젠 무슨 수가 없다. 나로서는 살 길을 찾을 수가 없다. 내버려 두는 방법밖에. 섬에 갇혀 있는 나를 하느님의 밝은 눈으로 발견하기를 기다리는 수밖에. 눈을 감는다. 제 집 작업실에 갇혀서 죽은 화가가 떠오른다.

어떤 화가가 산골로 내려가 집을 지었다. 마당 한편에 커다란 작업실을 만들었다. 화가는 며칠씩 작업실에서 나오지 않았다. 작업실 안에는 아쉬운 대로 식사를 해결할 만한 취사 시설과 화장실이 있었다. 어느 늦은 밤, 화가는 작업을 마치고 안채로 들어가려고 했다. 그런데 작업실 문이 열리지 않았다. 화가는 문을 두드려 집안 일 도와주는 남자를 불렀다. 남자가 밖에서 몇 번이나 손잡이를 돌려봤지만 문은 열리지 않았다. "열쇠를 가져다 열어봐요!" 화가는 잠시 갇혔다는 것에 불쑥 조급증이 일고 가

숨이 조여들었다. 그곳에서 며칠씩 한 발짝도 나가지 않은 적도 많건만 그랬다. 숨이 가빠오고 얼굴이 후끈후끈 달아올랐다. "빨리 열어봐요!" 다급해진 화가가 쾅쾅 문을 두드리며 소리를 질렀다. 남자가 몇 번이고 열쇠를 돌렸지만 폐쇄가 해제되는 찰칵, 소리는 나지 않았다. "낼 아침 날 밝는 대로 열쇠쟁이를 데려오겠어요." 남자는 제 방으로 돌아가고 화가는 작업실에 남았다. 다음날 남자는 첫새벽에 읍내로 나가 열쇠쟁이를 데리고 왔다. 열쇠쟁이가 문을 따려고 아무리 애를 써도 문은 열리지 않았다. 열쇠쟁이는 결국 철문을 떼었다. 철문을 떼어낸 작업실 입구에 화가가 새우 모양으로 누워 있었다. 남자가 뛰어 들어갔다. 화가는 죽어 있었다.

시골 자취방에서 그 소설을 읽은 밤, 나는 잠들지 못했다. 소설을 읽고 잠들지 못한 것은 에드거 앨런 포의 '검은 고양이' 이후 처음 있는 일이었다. 그때 난 왜 화가의 죽음에 그토록 섬뜩한 공포를 느꼈던 걸까. 수십 년이 지난 지금까지도 그 죽음을 또렷이 기억하는 이유는 뭘까. 내 삶에 들이닥칠 불길함을 예감했기에 그랬을까. 아무튼 그 소설을 읽지 않았더라면 나도 고 선생처럼 편히 새벽

잠을 잤을 것이다. 아침에 올 열쇠쟁이를 굳게 믿고.

그날 새벽 여섯 시 반이 되어 열쇠집에서 왔다. 예감대로 열쇠쟁이는 문을 따지 못했다. 결국 문짝을 떼었다. 모든 열쇠가 빗장을 열 수 있는 것이 아니듯, 모든 문이 열쇠에 의해서 열리지는 않는 모양이었다.

그뿐이었다. 그 일은 내게 깊은 상처를 남기지는 않았다. 숨을 쉬려고 입을 크게 벌리던 기억은 차차 잊혔고, 문을 잠그지 않는 습관만을 남겼다. 그날의 기억이, 아니, 짧은 한편의 소설이 내 병의 씨앗이 되었다고 말할 수 있을지 어떨지 잘 모르겠다. 태국에 가기 전까지는 아무 일이 없었으니까. 어쩌면 태국 행 비행기를 타기 수 년 전부터 심상치 않은 증세가 보였던 걸 놓치고 있었는지는 알 수 없다. 혼자 자동차 운전석에 앉을 때마다 죽을 듯한 두려움에 휩싸였던 이유에 대해 깊이 생각했어야 했는지도. 운전할 때마다 얼굴이 토마토가 되고 가슴이 벌렁거리고 숨이 차오르던 이유를. 초보 때는 누구나 그렇다고, 남편은 나를 홀로 차에 태워 거리로 내몰았다. 나는 거의 울다시피 하며 같은 거리를 뱅뱅 돌다가 돌아오곤 했다. 남편은 자기 죽은 뒤에 내가 아이들 신세 안 지고 자기에게 다니려면 운전을 해야 한다고 뒤늦게 운전을 배우게 했다. 내가 울고불고 하며 사흘에 한번은 자기에게 갈 줄 아는 모양이었다. 삼 년을 운전에 시달리다가 나는 차를 팔았다. 병원에 입원했을 때에야, 나도 남편도 아이들도 내가 운전을 그토록 무서워했던 것이 폐소공포 때문이 아니었나 돌아보았다.

나는 열이틀 만에 퇴원했다. 공황장애가 내 삶에 개입하게 된 뚜렷한 이유를 알지 못한 채였다. 그저 인간사에는 인과관계 없는 어떤 상황에 놓이게 되는 일도 많은가보다, 하는 씁쓸함으로 병원 문을 나섰다. 아직 바깥세상이 두려웠지만 의사의 말을 믿어 보기로 했다. "약이 있잖아요. 외출 시에도 꼭 약을 갖고 다니세요. 약 한 알을 지니고 있다는 것이 큰 힘이 될 겁니다." 약은 잠은 잘 재웠지만 엘리베이터에서나 터널, 회전문에서 한순간 새파랗게 질려버리는 공포심은 재우지 못했다. 발작처럼 치솟는 공포심은 이 년 정도 지속되었다. 보호자 없이는 꼼짝도 할 수 없었다. 지금은 많이 회복되어 약도 끊었다. 게다가 내 병에 자신이 일조한 바가 있다고 느꼈는지 퇴원이후 남편이 불쌍할 정도로 조심하고 있다. 물만 한 병 있

으면 혼자 영화를 보러 다닐 수도 있게 되었다. 빽빽하게
들어찬 나무들이 숨통을 조여와 비명을 지르며 뛰어내려
왔던 뒷산 숲속을 이제는 즐거이 걷게 되었다. 공황 발작
에 대한 예기 불안이 온 몸을 나무토막처럼 뻣뻣하게 할
때가 있긴 해도 그런대로 평온을 찾았다. 그래도 비행기
는 탈 수 없을 것 같아 남편을 혼자 북경에 보낸 건데 일
이 이 지경이 되었다. 아무려나, 인생이 이렇듯 가볍고 홀
연한데 온갖 짐을 다 진 듯 무겁게 보낸 시간이 참으로 무
참하다.

3

　드디어 들통 밑바닥이 빨갛게 달아 불이 붙나보다. 뼈
와 스테인리스 타는, 누리고 고리고 쓴 냄새가 난다. 불붙
은 뼈와 들통이 절규하는 냄새도 난다. 창문을 모두 열어
놓았으니 이 복잡한 냄새가 이웃들의 창 안으로 몰염치하
게 퍼져 들어가리라. 사골이 더욱 더 고약한 냄새를 내며
타기를 바란다. 조금 전까지만 해도 '저놈의 사골만 아니
라면' 했는데, 이젠 시커멓게 타들어가는 사골 냄새에 목

숨을 기대어 본다. 간절히 기도한다. 이 냄새가 어느 집 창문을 훌쩍 넘어 뛰어난 이해력의 후각을 지닌 누군가의 콧속으로 쏘옥 들어가기를. 누군가 간밤에 읽은 소설을 떠올리며 이 화급하고 위태로운 냄새에 몸을 화들짝 움직여주기를.

욕조의 물이 식었다. 물을 한 컵 마시고 뜨거운 물을 받는다. 욕실 안이 더운 김으로 가득 찬다. 물속에 몸을 누인다. 가쁘게 토해내는 내 숨소리뿐, 욕실은 너무도 적요하다. 아파트 주민들이 나만 이곳에 가둬놓고 모두 어디로 가버린 것처럼 고요하다. 이 문은 언제 무엇에 의해 열리게 될까.

*제목은 김혜순의 시 '질식'에서 인용.

차표 한 장 손에 들고

열차가 풍산 역에 멈추자 스크린 도어 앞에 서 있던 우리 오남매가 우르르 열차 안으로 들어간다. 빈자리가 나란히 두 개 있다. 나는 재빨리 언니 둘을 앉힌다. 둘째언니는 감기 걸린 나를 앉히려고 엉덩이를 자꾸 들썩인다. 나는 둘째언니의 어깨를 꾹 누르고 오빠와 막내 여동생과 함께 언니들 앞에 선다. 엄마 기일이라 큰언니네 집에 갔다가 돌아가는 길이다. 남동생은 출국 준비로 바쁘다고 먼저 떠났고 나머지 형제가 모두 경의중앙선을 탔다. 언니들은 자리에 앉자마자 약속이나 한 듯 살포시 눈을 감는다. 조금 전의 감격을 눈 속에라도 더 가두어두고 싶어 그러는 것 같았다. 언니들 얼굴에 그윽한 미소가 번진다. 오빠와 여동생의 얼굴에서도 흐뭇한 미소가 배어져 나오고 있다. 향기로운 항아리를 하나씩 안고 가는 표정들이다. 엄마를 만나고 돌아가는 길이어서 그렇다기보다는 얼마 전 고향에 다녀왔던 얘기를 또 한바탕 와자하니 떠들어대고 막 헤어져 나온 뒤라 그럴 것이다. 그날, "야, 진짜 행복한 여행이었다. 오늘의 추억으로 너끈히 몇 달은 잘 살 거야"라는 큰언니의 말에 "정말 그럴 거야"라고 다들 장담했었으니. 그 장담이 아직 유효할 터이니.

그날 약속은 번개같이 이루어졌다. 금요일 저녁에 남동생이 '다음 월요일에 성묘 겸 봄 여행 어때요?' 하고 형제 단톡에 올렸는데 전원이 순식간에 'OK!' 했다. 일을 하는 막내 여동생은 못 간다고 할 줄 알았는데 그 애까지 간다고 나선 것이다. "하루 제낄 거야!!!" 느낌표를 세 개나 매단 막내의 문자에 함께 가고 싶은 간절함이 눈물처럼 뚝뚝 떨어졌다. 그동안 오빠와 남동생은 매년 가을 벌초를 하러 다녀왔고 딸들도 자주 뭉쳐 부모님 산소에 다녀오긴 했다. 하지만 일곱 형제가 오롯이 함께 간 적이 없었다.

남동생이 부랴부랴 스타렉스를 렌트하여 우리는 처음으로 한 차로 가게 되었다. 한 차를 타고 가니, 기차로 갈 때나 두어 대의 차로 갈 때와는 전혀 다른 맛이 있었다. 확실히, 여행의 행복은 목적지에 있는 게 아니라 여정에 있었다. 형제들은 어릴 적 소풍 전야처럼 밤잠을 설쳤다고들 했지만 아무도 졸지 않았다. 긴장되고 설레어 탱탱해진 차 안의 공기를 쿡 찔러 터뜨린 건 셋째언니였다. "무슨 인간이 내가 화장실만 가면 쫓아와서 빨리 나오라고 난리를 치는지 몰라." "왜?" "나 볼일 본 데다 자기도 볼일 보고 한 번에 물 내리려고 그러지. 에구 궁상. 지겹다. 그래서 돈을 그렇게나 많이 벌었나 원…." "에구, 언니 또 형부 자랑 시작이네." "자랑 아냐. 진짜 궁상맞아 죽겠다니까." "그 자랑인 듯 자랑 아닌 자랑 같은 거 그만해도 우리 다 아는데." 막내의 말에 우리 모두 공감하며 깔깔거렸다. 셋째언니는 모임 때마다 부스럭거리며 형부 흉을 한보따리 늘어놓는데, 듣고 보면 늘 자랑이었다. "애, 넌 샷 더 마우스해라. 마누라 마사지하라고 매일 오이 사다 바치는 남편이 대한민국에 차서방 외에 또 있을까." 큰언니가 말했다. "정말 언니 피부는 타고난 게 아니라 만들어진 거야. 형부 지극정성으로. 그러니 샷 더 마우스 하셔." 나도 한 마디.

우리가 깔깔거리는 사이에도 흰색 스타렉스는 야트막한 산 속에 군데군데 하얗게 피어 봄을 밝히는 산벚꽃과 막 돋아난 여릿여릿한 녹색 잎이 어우러진 고속도로를 달리고 있었고, 늙은 남매들은 슬슬 먹거리 생각이 났다. 먼저 막내가 달걀을 꺼내 놓았다. 막내는 달걀 삶는 특별한 비법이 있는지, 그 애가 삶아오는 달걀은 유난히 맛이 있다. 냄새도 안 나고 간도 맞고 목도 메이지 않고. 그래서 자매들 여행길에 달걀은 언제나 막내 몫이었다. "삶은 달걀은 기차에서 먹어야 제 맛인데?" 하면서 큰언니가 달걀 한 개를 집어 막내 머리통에 콕 때려 껍질을 깠다. 그러자 다들 하나씩 집어 옆 사람 머리에 콕콕 때렸다. "요새 담배 끊는 중이라 아무것도 안 먹는데? 군것질하면 이상하게 담배 생각이 더 나서." 하면서도 오빠는 달걀을 두 개나 먹었다. "이쯤에서 해야 할 엄마 얘기가 있잖아?" 운전하던 남동생이 뒷자리를 향해 툭 던졌다. "아, 달걀!" 우리 모두 합창했다.

칠순을 앞둔 엄마가 아버지 산소에 다녀오려고 기차를

탔다. 옆자리에 젊은 청년이 앉았다. 기차가 출발하자, 청년은 삶은 달걀이 수북이 든 비닐봉투에서 달걀 하나를 꺼냈다. 좌석 팔걸이에 톡톡 때려 껍질을 까서 한 개를 순식간에 먹었다. 다시 한 개를 그렇게 까서 먹고, 다시 또 먹었다. 옆에 앉은 엄마에게 먹어보란 소리 한 번 없이 한꺼번에 봉투 속의 달걀을 다 먹어치웠다. 달걀이 너무도 먹고 싶어, 엄마는 청년 입으로 들어가는 달걀 개수를 세었다. 열 개였다. 엄마는 그 얘기를 두고두고 했다. 청년이 엄청 패씸했던가 보다. 그 이후로 엄마는 어디 가려면 우선 달걀부터 삶았다. "망할 놈, 달걀 한 개 노인네 주지!" 막내가 자식 대표로 한 마디 하고 우리는 끌끌 웃었다. 나는 끊은 지 십 년 되는 커피를 홀짝홀짝 마셨다. 가슴이 쿵쾅대건 말건. 위산이 꾸역꾸역 역류되건 말건. 에라, 그건 나중 일이었다. 우리는 큰언니가 가져온 초콜릿, 남동생이 밀폐용기에 담아온 딸기와 참외, 셋째언니가 내놓은 슈크림을 손에 묻혀가며 먹고 내가 꺼내놓은 체리를 먹고서 혀가 빨개진 다음, 천안 삼거리 휴게소에서 산호두과자와 알감자 튀김도 봉투를 탈탈 털어 다 먹었다. "점심은 어떻게 먹냐!" 하고 낄낄대면서도 아귀아귀 순서도 격식도 없이 먹었다. 낄낄거리며 격식도 없이 먹는 그 행위가 바로 기쁨이었다. "행복 중에 으뜸은 좋은 사람과 함께 먹는 거잖아? 실컷 먹자구요." 막내가 말했다. 늘 함께 먹을 좋은 사람이 없는 막내의 말에 모두들 움찔했는지 차안이 일순 조용해졌다. 그러자 큰언니가 찬송가 한 자락을 부르기 시작했다. 내일 일을 근심하지 말고 주 예수께 아뢰라…. 두 언니가 따라 불렀다. 잠시 후 막내가 "늘어진 수양벚꽃을 보니 가만히 있을 수 없네." 하며 벚꽃엔딩을 조용히 불렀다. 제부가 좋아했다던 노래다. 나는 박수로 장단을 맞춰줬다. 벚꽃은 꽃잎 하나하나를 바람에 다 날리고 곧 엔딩을 할 것이다. 날씨 눈치를 보고 또 보고 온갖 떨림을 안고 힘겹게 피었건만 엔딩은 너무 쉽다. 세상의 모든 피고 지는 관계가 그렇듯. 이어서 오빠가 봄날은 간다, 를 불렀다. "형이 그동안 노래방에 많이 다녔나 보네." 남동생이 말했다. 그 노래를 들으니, 어쩐 일인지 좋은 곳으로 가는 기차를 어느 새 모두 놓치고 해 저무는 플랫폼에 멍하니 앉은 우리들의 모습이 떠올라 잠시 울가망한 기분이 되었다. "오늘 같은 날은 차표 한 장 불러야 하는 거 아냐?" 둘째언니가 분위기를 바꿨다. 우리는 일시에 소리쳤다. "맞다, 맞아!"

엄마는 차표 한 장을 즐겨 불렀다. 썩 잘 부르는 노래는 아니지만 엄마의 노래에는 엄마가 만든 조미료 맛이 들어 있었다. 모든 노래에 똑같은 배여사표 맛을 낸다는 게 문제긴 했지만. 차 표 한 장 손에 들고 떠나야 하네. 예정된 시간표대로 떠나야 하네. 너는 상행선 나는 하행선 열차에 몸을 실었다. "얘들아, 이 노래 가사가 꼭 인생 같잖니? 예정된 시간표대로 아버지는 하행선, 나는 상행선 탔잖아. 예정된 시간표가 아니라면 아프지도 않던 아버지가 뭣 때문에 그렇게 일찍 가셨겠니." 엄마 얘길 듣고 주의 깊게 들어보니 가사에 철학이 있었다. 우리는 차표 한 장 손에 들고 인생이라는 열차를 탄 존재들이 아닌가. 신이 예비해 놓은 어느 정류장에서 홀연히 내려야 하는.

열차는 능곡, 행신의 초록빛 산을 양옆에 끼고 달린다. 쌉싸름하고 알싸한 초록빛 풀냄새가 차 안에서도 맡아지는 듯하다. 경의선과 중앙선을 연결한 경의중앙선 열차는 지루할 틈을 주지 않는다. 금빛 비늘처럼 반짝거리는 강을 끼고 달리다가 도시의 상징인 초고층 아파트 단지 옆을 달리다가 오롯이 산과 들만이 보이는 시골을 달리다가 다시 복잡한 도시를 관통해 달리다가 얕은 숲을 허리에 끼고 달리는 열차여서 그렇다. 지평에서 떠난 열차는 용문을 지나고 팔당을 지나고 왕십리를 거쳐 옥수와 용산을 지나고 백마, 풍산을 지나 문산에 닿는다. 애초의 경의선처럼 신의주까지 쭈욱 달리는 날은 언제일까. 이 열차를 타면 늘 그 날을 그리게 된다. 시부모님의 고향인 함경도 홍원과 신포의 바닷가로 내처 달려보고도 싶다. 아니, 유라시아 횡단열차를 타고 파리에도 가보고 싶다. 젊어서부터 내가 통일을 바란 가장 큰 이유는 유라시아 횡단열차를 타고 싶어서였다. 지난달의 남북정상회담으로 그 희망에 한발 다가가는 기미가 보이니, 이제 이 열차를 타는 것만으로도 꿈을 이룬 듯 가슴이 설렌다. 남북, 북미 관계가 하루 앞을 모르게 돌아가고 있어, 앞일을 전혀 장담할 수는 없지만. 어쨌거나 그대 다시는 고향에 못 가리, 하며 살아온 남편도 고향 들판 한번 밟아보는 날이 왔으면 좋겠다.

그날 고향에 도착한 형제들의 행복은 할미꽃으로 만개했다. 아버지의 봉분 꼭대기에, 어쩌자고 할미꽃 한 무더기가 다보록이 피어 있었다. 나란히 있는 엄마 봉분에는 한 송이도 없는 할미꽃이. 두 분 묘지에서 한 번도 본 적 없던 할미꽃이. 엄마 봉분에 피어 있었으면 뭉클했을 그 꽃이 숫접은 처녀들처럼 다소곳이 아버지 묘소에 피어 있으니 그것은 순식간에 유머가 되었다. 우리는 부모님은 뒷전이고 할미꽃에 먼저 엎어졌다. "할아버지 산소에 핀 할미꽃이라니 정말 신선하다." 셋째언니가 꽃에다 휴대폰을 들이대며 호호 웃었다. "그러게. 할미꽃의 전설을 다시 써야겠어." 둘째언니가 말했다. "우리 손녀들한테 보내 줘야지." 하며 큰언니도 할미꽃 사진을 찍었다. "정말 재밌다. 두 분 산소에 다 피었으면 아무렇지도 않았을 텐데." 나도 한 마디. "이건 아버지의 엄청난 유머 아냐?" 남동생도 아버지의 무덤과 할미꽃을 휴대폰에 담았다. "동영상 찍고 있어. 누나들 많이 웃고 신나게 얘기해 봐요." 오빠가 휴대폰으로 동영상을 찍고 있었다. "그래? 막상 얘기하라니까 무슨 말을 할지 모르겠다." "그러네." 언니들이 서로를 멀뚱멀뚱 바라보았다. 할미꽃 사진 찍는 남매들의 봄날 한순간이 동영상으로 남았다. 사진작가였던 오빠는 이제 사진을 잘 안 찍는다. 카메라는 거짓말 안 한다는 게 오빠의 지론이었는데 요즘 사진에는 진실이 없단다. 게다가 카메라 셔터 누른 뒤 사진이 나오기까지의 그 행복한 긴장감이 사라져서 싫단다. "엄마 아버지가 밤새 안 주무시고 궁리하셨나 봐. 우릴 어떻게 웃겨줄까 하고." 막내 여동생이 하르르 웃고 서 있었다. 막내가 그렇게 수심을 다 씻어낸 얼굴로 웃는 걸 본 지가 언제인가 싶어 나는 막내의 얼굴을 한 장 찍었다. 얼마나 우아하고 맑은 웃음을 띠었는지 사진 속의 막내가 청담동의 젊은 사모님 같았다. 동생은 그걸 자신의 인생 사진 하겠다고 했다. 아닌 게 아니라 요즘 웃을 일 없는 막내딸을 위해 부모님이 밤새 궁리한 농담이 아닐까 하는 생각이 들었다. 할미꽃을 보고 당신 자식들이, 특히 막내가 활짝 오래 웃었으니 부모님의 밤샘공작은 성공한 거다.

할미꽃으로 실컷 웃고 나서 우리는 무덤 앞에 둘러앉았다. 부모님의 입이 귀에 걸려 안 다물어졌을 게다. 무덤 앞에 둘러앉은, 이제는 다들 늙은 일곱 자식을 품어 안으며. 우리는 부모님께 감사 예배를 드리고 찬송가를 불렀다. 남동생의 찬송가 소리가 여린 나뭇잎들의 속살을 간질이며 우렁차게 산속으로 울려 퍼졌다. "선심 쓰듯 찬송가만 크게 부를 게 아니라 교회엘 나가야지." 셋째언니가 남동생에게 눈을 살짝 흘겼다. 동생은 추모 예배에 참여하고 찬송도 나보다 더 잘 따라하지만 교회 근처엔 얼씬도 않는다. "언젠가는 주님의 자녀 되지." 칠남매 중 오직 하나를 전도 못한 큰언니는 굳게 믿고 있다.

나는 일 년에 네댓 번 경의중앙선을 타고 풍산 큰언니네 집에 간다. 두 번은 부모님 기일에, 나머지는 어딘가에 갇힌 듯 마음이 울연할 때 간다. 종이 한 장 들 힘도 없이 무기력할 때 간다. 그동안 지탱해온 내 시간에게 너무 면목이 없을 때 간다. 가서 며칠씩 머문다. 큰언니네 집은 방 두 개의 열여덟 평 아파트다. 딸 시집보내고 언니 혼자 사는 그곳은 우리 형제들에겐 하와이나 몰디브의 해변보다도 더 확 트이고 안락한 휴양지다. 밀려오는 마음의 파도를 이길 수 없을 때 형제들은 다들 그곳으로 간다. 그곳에 가면 슈퍼 암탉 같은 큰언니가 있다. 그곳에서는 어떤 긴장도 억압도, 가사 노동도 없다. 마음 어딘가에 상처를 입고 온 동생들을 가만히 앉혀놓고 뭐든 해먹이려는 큰언니가 있을 뿐. 형제들의 응혈을 다 어루만져 풀어주고 품어주는 큰언니가 있을 뿐. 그곳에서는 허리띠 풀어놓듯 마음을 탁 풀어놓으면 된다. 내년에 여든인 큰언니를 교회 목사님은 청년권사라고 부른다 한다. 교회에서 어떤 청년보다도 많은 일을 하니 그리 부른단다. 매일 새벽기도에, 성가대에, 전도에, 강대상 꽃꽂이에, 주말 김치 봉사에, 교인 간병에. 그리고도 남는 시간은 반찬 만들어 형제들에게 보낸다. 젊어서 사고로 남편 잃고 힘든 나날이었지만 지금 언니는 하늘을 우러러 기도할 생각만으로도 가슴이 떨린단다.

용인에서 풍산가는 길은 멀고도 멀다. 나는 한강이 내려다보이는 옥수역에서 경의중앙선으로 환승한다. 내 마음결 따라 어느 날 한강은 느릿느릿 옛날 이야기하듯 흐르고 어느 날은 변덕스럽고 난폭한 사내처럼 거칠게 흐른다. 그런 한강을 바라보며 나는 기차를 기다린다.

오늘 엄마의 추모일 예배를 마치자 큰언니는 테이프 한 개를 카세트라디오에 넣었다. 몇 년이나 듣고 또 들은 테이프지만 우리는 매번 박 타는 흥부 곁에 다가드는 마음으로 다가앉는다. 시리렁 시리렁 박 타는 소리 대신 지지직거리며 테이프가 돌아간다. 그 테이프는 오래 전 엄마 생신날 남동생이 몰래 녹음한 것이다. 그날은 모처럼 동생네 집에서 엄마 생신 상을 차렸다. 점심을 먹으며 식구들이 맥락 없이 떠들어댄 소리를 그날 식사 후에 동생이 공개했을 때, 우리 모두는 이런 시답잖은 걸 뭐 때문에 녹음했냐고 동생을 향해 삿대질을 했었다.

왁자지껄한 소음이 가라앉고 카랑카랑한 큰언니의 말소리가 들린다. "엄마, 생신 축하드려요. 작은올케 수고 많았어." "아이, 별로 차린 것도 없어 죄송하네요." 작은올케가 대답한다. "케이크 커팅부터 해야지." 셋째형부가 나선다. 칙, 성냥 긋는 소리와 함께 "점심에 하니 애들 없어 한갓지네." 둘째언니의 작은 말소리가 들린다. "빨리 노래합시다." 이번에는 막냇동생. 이어서 '생신 축하합니다~' 노래가 나오고 엄마가 후, 하고 촛불 끄는 소리와 박수 소리가 뒤를 잇는다. "장모님, 한 말씀 하세요." 둘째형부가 말한다. "그럴까? 상 차려준 에미들 고맙다. 추운데 오느라 다들 애썼고." 엄마의 가느다랗지만 힘 있는 목소리다. "자, 빨리 먹읍시다. 배 고파." 감기 걸린 듯한 내 목소리다. "그래, 얼른 먹자. 국이 다 식겠어." 엄마 목소리. "미역국이 구수하고 부드럽다." "국이 괜찮아요, 어머니?" 작은올케. "갈비가 연하고 달달한 게 맛있네." "더덕도 간이 맞고 잘 구워졌다." "작은올케가 해파

리냉채는 끝내주게 잘해."딸들의 얘기 소리가 뒤섞여 나오고 잠시 잠잠하더니 "엄마, 내년부터는 밖에서 먹을까요?"큰언니가 느닷없는 제안을 한다. 언니의 말이 떨어지기 무섭게 엄마가 재빨리 대꾸한다. "그래. 내년부터는 밖에서 갈비탕이나 한 그릇씩 먹고 치우자, 늬들 귀찮은데."엄마가 휙 삐딱하다. 다른 때 같았으면 "그래. 외식도 좋지."했을 텐데 왜 그랬을까. 사전 의논 없이 불쑥 며느리들 앞에서 그런 얘기를 꺼낸 큰딸에 대한 서운함이었을까. "그건 그때 가서 생각하고 밥이나 맛있게 먹자구요."남동생이 얘기를 자른다. "엄마 생신이 여름이면 우래옥 가서 엄마 좋아하시는 냉면을 먹을 텐데."오빠가 나선다. "저이는…."오빠를 나무라는 큰올케 소리다. "우래옥 가서 불고기와 냉면 먹는 것도 괜찮지 뭐."오빠가 덧붙인다. "그래. 우래옥 좋다. 거기 냉면 맛있지. 내년부턴 그리로 가자. 다들 편하게. 얘기 끝~."엄마의 목소리에 화가 잔뜩 눌려 있다. "큰누난 괜한 소리는 해가지고…."남동생이 구시렁거린다. "올케들 편하게 해주려고 그랬지. 엄마, 죄송해요. 없던 일로 해요."큰언니의 힘 빠진 목소리. 그리고는 다들 밥을 먹는 데 집중하는지

그릇에 젓가락 부딪치는 딸가닥거리는 소리만 들릴 뿐 조용하다. 더 이상 누구의 소리도 들리지 않는다. 동생은 거기까지 1차 녹음을 한 모양이었다. 곧 이어 다시 테이프가 돌아가기 시작했다. 녹음을 듣고 우리들이 떠들어대자 동생이 2차로 녹음 버튼을 눌렀다고 했다. "야, 저런 쓸데없는 걸 뭣 땜에 녹음했냐?" 오빠의 핀잔이 먼저 나온다. "그러게 말야. 별 내용도 없구만." "내 목소리는 어째 저래?" "작은오빠는 저런 시답잖은 걸 왜 녹음했대?" 딸들이 한 마디씩 한다. "재미있는데, 왜? 우리가 평소에 하는 말들이 다 저렇게 보잘것없고 시시껄렁하지 뭐. 저런 보잘것없는 얘기에 울고 웃고 하면서 사는 거 아냐?" 셋째 형부의 너털웃음. 그때 형부의 너털웃음에 섞여 작은 흐느낌이 들린다. "너희들 나 죽은 뒤에 이 테이프 틀어놓고 얼마나 울래?" 갑작스런 엄마의 울음소리에 우리들은 일시에 정지상태가 된 듯 서로의 얼굴만 바라보고 있었나 보다. 테이프는 서럽게 우는 엄마의 울음소리만을 풀어낸다. "늬들 불쌍해서 어쩌니. 나 죽은 뒤에 이 테이프 틀어놓고 한없이 울 텐데. 내 새끼들 불쌍해서 어쩌까." 엄마는 자신의 죽음 뒤의 한 장면을 목격한 것처럼 목 놓아 운다. "나 죽더라도 지금처럼 의좋게 지내라. 서로 측은하게 여기고." 엄마가 흐느낌을 추스르며 말한다. 우리는 뒤늦게 엄마의 죽음 이후를 떠올린 듯 울음을 터뜨린다. 테이프가 막내의 안타까운 울음을 먼저 토해내고, 이어서 우리 모두의 울음소리를 뒤섞어 울컥 토한다.

엄마 말대로 우리 남매들은 꽤 오랫동안 엄마 기일에 그 테이프를 들으며 울었다. 지금은 사위들과 며느리들을 다 빼고 우리끼리 모여서 듣는다. 이제 울지는 않지만 울음보다 더 진한 것을 나누며 듣는다. 시시껄렁하지만 애틋하기 그지없는, 자식들과의 일상을 두고 홀홀히 떠나야 할 늙은 부모가 되었기에.

그날 막내를 실컷 웃기던 할미꽃을 떠나 우리가 향한 곳은 이지당二止堂이었다. 매년 초여름, 할아버지는 네 아들네의 가솔을 모두 이끌고 이지당 앞 소옥천으로 천렵을 가셨다고 한다. 두 언니들은 유년 시절의 천렵을 지난해의 휴가보다도 더 선명히 기억했다. 일꾼들과 식구들이 솥단지와 먹거리를 이고지고, 삼십여 명이 멀고 먼 길을 지치지도 않고 걸어서 갔다고 한다. 나는 누군가의 등에 업혀서 갔을 거라고 했다. 천변에 솥단지를 걸고 남자들은 고기를 잡아 매운탕을 끓이고 여자들은 밥을 하고 아이들은 사촌들과 어울려 멱을 감았다고, 둘째언니가 작은 목소리를 한껏 높였다. 아버지와 작은아버지들이 잠방이를 허벅지까지 걷어 올린 채 애들처럼 소리소리 지르며 물고기를 잡던 모습이 지금도 안 잊혀진다고 말하는 큰언니의 목소리가 녹녹해졌다. 이지당은 조선 중기의 서당으로, 성리학자 송시열과 조헌이 지방의 영재를 모아 강론했던 곳이라고 한다. 송시열 같은 대학자가 어떤 인연으로 이런 작은 고을에다 서당을 열었나 했더니, 아하! 이곳 외가에서 태어났단다. 입술이 새파랗도록 물에서 논 아이들과 탁주를 한 잔씩 마신 어른들이 소옥천의 나무 그늘 아래 누워 한잠씩 잔 뒤 새참으로 국수를 말아 먹고는 길을 떠났다고 한다. 해가 서산 저쪽으로 꼴깍 넘어갈 때 피난 행렬처럼 동네로 걸어 들어오는 지친 가족의 모습을 동네 사람들은 쳐다봤을 거라고 큰언니가 말했다. 부러움에 가득 찬 시선이었을 거라고. "송시열 선생이 이곳에서 태어났다니 꼭 친척 할아버지 같지 않아?" 남동생이 껄껄거렸다. "정말 그러네." 내가 대꾸했다. "이그! 그 놈의 지연地緣!" 오빠가 쥐어박았다. 하지만 우리는 한국 사람인 걸 어쩌리. 아니, 그게 인지상정 아닐까. 같은 햇볕 아래서 같은 바람에 휩쓸리고 같은 물을 먹고, 같은 언어를 쓰면서 산 사람들을 한 번 더 쳐다보게 되는 걸 어찌 나쁘다고 할까. 송시열 선생이 이 고장에서 태어났다는 걸 알았다는 건 이번 여행의 수확이다. 하지만 그보다 더 큰 수확은 칠십여 년 전에 아들네 가솔을 모두 이끌고 소옥천으로 천렵을 다닌 할아버지가 대학자 송시열보다 더 위대하게 느껴졌다는 거다. 지금도 그 많은 식구들을 데리고 가족여행을 하는 할아버지는 드물 테니. 가까운 곳에도 천렵할 장소가 있었으련만 어린 자손들을 이지당 앞까지 이끌고 간 할아버지의 뜻을 알 수 있을 것 같았다. 하얀 모시 도포자락을 휘날리며 앞장섰을 할아버지가 눈에 보이는 듯했다. 엄마가 할아버지의 옷 손질로 여름날 저녁을 다 보냈다고 하던, 바로 그 모시 도포자락!

그렇게 먹어댔음에도 슬슬 배가 고파왔다. 우리는 읍내로 나갔다. 차를 천천히 몰고 가며 식당을 찾는데 도시가 온통 '향수'였다. 정지용 시인이 태어난 고장이라서 그렇다. 기차역에 내리면 누구나 대합실에서 정지용 시인의 시 '향수'를 만나게 되고, 역 앞 어느 집 담장에 고운 필체로 쓰인 향수를 만나게 된다. 카페도, 미장원도, 모텔도, 사진관도, 동물병원도 모두 '향수' 간판을 달았다. 우리가 점심을 먹은 곳도 물론 향수한우식당이었다. 몇 년 새 부쩍 향수 간판이 늘었다. 안개가 어느 고장을 먹여 살리고 고추가 어느 고장을 먹여 살리듯 이 고장은 향수가 먹여 살리고 있었다.

점심을 먹고 초등학교에 들렀다. 이렇게 많은 동문들과 오기는 처음이었다. 막내만 빼고 모두 이 학교 동문이다. 언니 셋은 졸업생이고, 그 밑의 셋은 서울로 전학 가느라 졸업은 못했다. 교정에는 졸업생인 육영수 여사의 휘호탑과 정지용 시인의 석비가 있었다. 그동안, 특산물이 변변찮은 이 고장의 으뜸가는 자랑은 단연 육영수 여사였다. 행적에 대한 추측과 오해로 교과서에도 실리지 않던 정지용 시인의 시가 해금된 것은 그리 오래된 일이 아니다. 하지만 지금은 육영수 여사에게서 뿜어져 나오던 밝은 빛이 다 바래 버린 느낌이다. 대통령이던 딸이 탄핵당하고 감옥에 있으니. 운동장을 한 바퀴 둘러보았다. 연못이 있었을 만큼 충분히 컸다. 내 기억에는 옛날에 운동장 한편에 연못이 있었는데, 언니 셋은 절대로 없었다고 우겼다. 졸업생 셋이 완강히 우겨대니 어쩌겠는가. 일 년 밖에 다니지 않은 나의 기억을 접을 수밖에. 여덟 살 어느 날의 꿈이 너무 리얼했었나, 하고 그 기억을 지우려 했다. 시간이란 종종 기억을 왜곡시키기도 하는 법이니까. 다행히 오늘, 오빠가 연못의 존재를 확인해 줬다. 거기서 썰매를 탔노라고 했다. 내 기억이 허구가 아님이 증명되었다. 여러 사람이 우겨대는 말이 다 진실은 아니라는 것도 함께.

육십 년 전 어느 날 나는 연못 속의 작은 섬에서 담임 선생님과 단 둘이 점심을 먹었다. 이런 스토리가 비현실적이라 언니들이 믿지 않았는지도 모르겠다. 담임과 단 둘이 점심 도시락을 먹을 일이 무에 있는가. 그것도 연못 속에서. 말총머리의 선생님은 하얀 블라우스에 까만 통치마를 입었고 도시락 반찬은 볶은 메뚜기였다. 이런 장면들은 꾸민 듯 생생하여 언니들에게 믿음을 못 준 것 같다. 아쉽게도 내 기억은 거기까지다. 사진처럼 딱 그 한 장면만이 머릿속에 남아 온갖 추측을 하게 했다. 무슨 일로 교실도 아닌 그런 곳에서 선생님과 단 둘이 도시락을 먹었을까. 아무리 생각해도 답이 안 나왔다. 벌이나 상담 같은 걸 받기 위한 시간은 아니었을 것이다. 내 성격상 무슨 문제를 일으키지는 않았을 게다. 아무려나. 선녀 같은 담임선생님을 연못 속에서 독차지한 그날, 숫기 없는 초등학교 일학년 여자아이의 가슴 속을 떠올리는 것만으로도 심장이 활랑거리는 그날의 이야기가 하마터면 헛소리가 될 뻔했다.

열차가 대곡에 닿는다. 너른 들판에 홀로 맥쩍게 서 있는 역사지만 3호선 환승역이라 승객들의 유동이 꽤 있는 역이다. 셋째언니 옆자리가 빈다. 나는 오빠를 앉히려고 하고 오빠는 나를 앉히려고 한다. "일단 순서대로!" 내 말에 오빠가 앉는다. 태어난 순서대로 앉으니 홀가분하고 편안하다. 위암을 앓던 이모가 먼저 저세상 간 뒤 엄마는 노트에 이렇게 써놓았다. "우리 애들은 태어난 순서대로 차례차례 가야 할 텐데. 누구도 중도에 변을 당하지 않고."

엄마는 침대에 누워 꼼짝 못하게 된 여든다섯 살까지 노트에 매일 뭔가를 적었다. 본격적으로 적기 시작한 건 아버지가 돌아가신 뒤부터였다. 상실감과 공허함을 적는 일로 메운 것 같다. 남동생은 "엄마가 '적자생존'하셨

네." 했다. 적는 자만이 살아남는다는 믿음으로 열심히 쓰면서 자신을 지탱한 것 같다고. 화분의 선인장이 몇 년 만에 꽃을 피웠다고 적고, 막내딸이 콧구멍 큰 아들을 낳았다고, 손자가 막내사위의 콧구멍만은 닮지 않았으면 했는데 세상일은 얄궂다고 쓰고, 작은아들이 또 승진했다고 쓰고, 큰아들의 사진전시회에 다녀왔는데 밤의 남대문 사진이 멋지더라고 썼다. 특별히 쓸 게 없는 날은 노래 가사를 적었다. 차표 한 장도 물론 거기에 쓰여 있었다. 돌아가신 아버지에게 편지를 써놓기도 했다. 지난 밤 꿈에 당신 손을 잡고 가다가 소변이 마려워 잠시 지체하고 보니 당신이 가버리고 없더라고, 왜 혼자 갔냐고 원망하는 편지였다. 엄마는 지방에서 교사 생활을 한 내게도 편지를 자주 보냈다. 4교시 수업을 마치고 교무실에 들어가면 내 책상 위에 엄마 편지가 놓여 있곤 했다. 봉투에 연필로 쓰인 엄마의 글씨를 보는 순간, 난 눈물을 쏟았다. 내용도 읽기 전에. 늬 작은엄마와 함께 제주도에 가서 조랑말을 탔는데 겁도 났지만 재미도 있더라. 너도 객지 생활 그만 접고 얼른 시집가서 신랑이랑 제주도에 신혼여행 가거라. 객지에서 혼자 사는 건 너무 쓸쓸해서 사람의 정신마

저 자꾸 끌어내린다. 뭐 그런 내용들이었다. 내 눈물로 글씨가 지워진 그 편지들을 평생 간직하리라 했는데 그 편지들을 나는 다 어쨌을까. 찢어버린 기억은 없는데. 아들도 그랬었다. 군 복무할 때 화장실에 가서 읽으며 소리 내어 울었다던 내 편지들을 코팅해서 평생 간직하겠다고 했었다. 하지만 아들도 진즉에 그 편지들을 다 없앴을 것이다. 아니, 나처럼 어떻게 했는지조차 모를 거다. 자식이란 다 그런 것이다.

"엄마 노트는 역사책이야." 엄마의 노트를 읽을 때마다 큰언니는 감탄한다. 아닌 게 아니라 엄마는 당시의 크고 작은 일들을 모두 적어놓았다. 어느 해 크리스마스 밤에 서울 어느 호텔에 불이 나서 150명 이상의 사망자를 냈다든지, 미국의 어느 대통령이 왔을 때 2백만 인파가 거리로 나와 환영했다든지, 에이즈라는 해괴망측한 병이 생겨 많은 사람들이 죽어간다든지, 등굣길에 다리가 붕괴되어 여고생들이 많이 희생되었다든지, 백화점이 무너져 5백여 명이 죽었다는 것도 기록했다. 엄마가 자식들 모르게 무슨 병을 앓았는지, 무슨 약을 먹었는지도 노트를 보면 다 알 수 있다. 누가 용돈을 얼마나 줬는지도 세세히 적어 놓았다. 용돈 못 드린 자식은 그 노트를 끌어안고 울었다. 큰언니는 엄마의 노트 몇 권을 확보한 것이 아니라 천상의 보물을 확보한 것이다. 엄마는 당신의 친정어머니가 친정아버지의 반대를 무릅쓰고 소학교에 보내 준 걸 인생 최고의 행운이라 했다. "이 좋은 글을 몰랐으면 어쨌을 거냐구." 엄마는 신문이며 책을 쓰다듬으며 안도의 한숨을 쉬곤 했다. 사소하고 보잘것없는 기록이란 없는 것 같다. 그것이 사실이라면 시간이 흐른 뒤에는 모두 역사가 된다. 개인의 역사를 안은 가족의, 시대의.

우리는 내 유년의 기억이 분명한 역사였음을 확인한 뒤 우리의 생가를 향해 달렸다. 서로의 기억을 퍼즐처럼 맞춰보는 즐거움을 향하여. 한데 마을 들머리가 확 달라져, 여기가 우리 동네 맞아? 하면서 두리번거려야 했다. 우리를 처음 맞이한 건 낯선 스위스 풍 전원주택 몇 채였다. 몇 년 전에 왔을 때 마을 안쪽에 큰 공장이 들어선다는 소문이 있더니 그새 삐까삔쩍한 넓은 도로까지 뚫려 있었다. 우리 생가 아래 제법 번듯한 교회도 세워져 있었다. 우리는 교회 마당에 주차했다.

우리 생가는 여전했다. 마을에서 원형을 가장 잘 보전

하고 있는 집이 우리 집이다. 한때는 마을에서 큰 집 축에 속했으나 지금은 가장 작고 보잘것없었다. 워낙 빈한한 마을이어서 대부분이 ㅡ자 형태의 한 칸 집이었는데, 우리 집은 ㄱ자 형태로 안채와 사랑채가 있고 마당이 널찍했다. 사랑채가 안채보다 더 커서 할아버지의 손님들이 끊일 날이 없는 집이었다. 이제는 우리가 할아버지의 자손임을 아는 사람들이 마을에 남아 있지 않았다. 주인이 바뀌면서 증축을 하거나 개축을 하여 예전의 형태를 유지하고 있는 집도 드물었다. 웬일인지 우리 집만 모습을 그대로 유지하고 있었다. 그나마 안채는 손을 조금 보았다. 벽에 흰 칠이 되어 있고 지붕에 파란 기와가 얹혀 있었다. 형제들은 낮은 철책 너머로 집안을 들여다보았다. 마당 귀퉁이의 텃밭에 부추와 상추가 올라오고 있었고 한쪽에서는 여러 그루의 박태기나무가 진홍빛 꽃을 활짝 피우는 중이었다. 계세요? 해도 기척이 없었다. 우리는 우, 몰려서 내 집처럼 들어갔다. 부엌 앞에 석유곤로가 놓여 있는데 그 위의 작은 가마솥에서 무엇이 설설 끓고 있었다. 주인이 잠시 외출한 모양이었다. 우리 모두가 함께 충격을 받은 건 사랑채였다. 사랑채는 이미 집이 아니었다. 몸을 구부린 채 그 등 위로 백 년의 시간을 다 받아낸 노인이 거기 죽은 듯 서 있는 것 같았다. 우리 형제들은 매핵梅核이 목에 걸린 듯 헉, 소리만 내뱉었다. 지난번에 왔을 때만 해도 이 정도는 아니었다. 그때는 사람이 기거했었다. 그러니 집이었다. 이번 주인은 사랑채를 아예 폐쇄했다. 하긴 사람이 기거할 수도 없게 생겼다. 시꺼먼 슬레이트 조각과 두꺼운 흙먼지와 처마 아래 얽힌 거미줄을 한꺼번에 떠안고 당장에라도 지붕이 폭삭 내려앉을 것 같았으니. 다음번에도 우리가 볼 수 있을까. 할아버지와 아버지의 표상 같았던 사랑채를. 우리는 댓돌 위로 올라가 잠시 안채의 마루에 걸터앉았다. 건넛마을과 그리로 가는 길이 훤히 내다보였다. 예전에는 꼬불꼬불한 논둑길이었는데 지금은 논밭이 간데없고 훤한 아스팔트길이 되었다. 꼬불거리는 그 논둑길을 고꾸라질 듯 뛰어가는 네 살의 나를 마루에 앉아 바라보았다. "어린 것 솔개가 채 갈라. 얼른 데려오너라." 했다는 할아버지의 말을 떠올리며.

우리는 마당을 돌아다니며, 이웃집 청년이 빠졌던 우물이 있던 자리와 함박꽃들이 함박 피던 자리를 가늠해 보며 서로 여기쯤이라고 우기고, 돼지우리가 있던 자리, 자고 나면 물곳이 쑥쑥 자라 있던 자리, 가죽나무가 늠름하게 서 있던 자리를 서로의 기억을 꺼내 맞춰보았다. 가죽나무는 매년 봄 우리 식구에게 짭짤한 장떡을 제공해 주었다. 엄마의 대표음식은 가죽잎 장떡이었다. 이른 봄에 올라오는 가죽나무의 새순을 따서 잘게 다져 찹쌀가루와 된장 고추장을 넣고 버무린 뒤 동글납작하게 만들어 기름에 부쳐 먹는 음식이다. 우리 형제들은 지금도 이른 봄이면 가죽잎 장떡을 그리워한다. 짭조름하고 독특한 풀내를 갖고 있는 그것을 꼭 한번 다시 맛보고 싶다. 엄마의 맛인듯. 우리는 사랑채 뒷문 쪽으로 나가서 백일홍나무가 있던 자리를 더듬어 보았다. 그 나무는 사랑채의 창호지문을 붉게 물들였을 뿐 아니라, 우리 남매들의 어린 영혼을 맑은 다홍빛으로 물들여준, 우리들의 인생 나무다. 커다란 우산 모양으로 자란 그 나무는 우리 집의 상징이기도 했다. 나무 아래 평상은 아버지의 퇴근을 기다리는, 아버지 환자들의 장소였다. 읍내에 있는 아버지의 한약방까지 가지 못하는 동네 어른들이 저녁 무렵이면 찾아와 앉아 있곤 했다. 누가 그 나무를 베었을까. 지금까지 있었다면 담양 명옥헌의 백일홍나무만큼이나 이 마을의 상징이 되었을 텐데. 여름이면 백일 동안 마을을 다홍빛으로 치장해주고 꽃말처럼 이 마을에 부귀를 가져다주었을 터인데.

생가가 원형을 거의 유지하고 있다는 건 반갑고 고마운 일이지만 오늘은 마음을 꾹 감고 싶기도 했다. 방치되어 있는 생가를 본다는 건 결코 편한 일이 아니었다. 내 유년시절이 함부로 버려진 듯했다고 할까. "누가 여기다 전원주택 안 짓나?" 막내도 같은 마음이었던가 보다. 막내는 이 집에 묻어놓은 추억이 별로 없는데도 그랬다. "그럼 우리는 생가 터만 보고 가고?" 오빠가 물었다. "아, 그건 안 되지. 초라해도 지금이 낫겠네." "우리의 기억을 소환하게 해주니 고마운 일이지 뭐." 오빠가 막내의 어깨를 다독였다. "맞아. 지금까지 생가가 보존되어 있는 사람, 드물걸? 개발한다고 진즉에 다 사라졌지. 이건 축복이야." 셋째언니다. 그러고 보니 셋째언니 말이 맞다. 우리 자매들을 '김 약국의 딸들'로 살게 해준 집이 아직도 그대로 남아 있다는 건 축복이다. 김 약국의 딸이라는 이름표는 얼마나 큰 자부심이었던가. 재 너머 최 부잣집 딸들보다도 우리 언니들이 더 뻐기고 살았으니 말이다. 서울로 이사한 뒤 우리 가족은 곧장 가난에 매몰되었고 김 약국의 딸들로서의 자부심은 무너졌다. 돌이켜보면 그 시절 가난에 적응하는 것보다 더 힘들었던 것이 김 약국의 딸로서의 자부심을 버리는 일이었던 것 같다. 아버지는 끝내 우리들에게 자부심을 회복시켜 주지 못하고 일찍 세상을 떠나셨다. 다시 만날 수 있을까, 하며 고개를 내미는 듯한 사랑채를 향해 우리는 손을 흔들었다. "잘 있어! 참 고마웠어."

　"야, 진짜 행복한 여행이었다. 오늘의 추억으로 너끈히 몇 달은 잘 살 거야." 큰언니가 안전 밸트를 매며 말했다. 그 말에 다들 "정말 그럴 거야."라고 장담했다. "최고의 여행이었어.""내년에 또 오자. 이제 우리가 얼마나 함께 다니겠어." 한 마디씩 했다. 그래. 삿된 생각이 하나도 없는 선한 하루였다. 차를 출발시키면서 남동생이 노래했다. 흙에서 자란 내 마음 파아란 하늘빛이 그리워. 그러자 소프라노 큰언니가 화음을 넣었다. 오~ 그리워. 동생이 다시 불렀다. 함부로 쏜 화살을 찾으려 풀섶이슬에 함초롬히 휘적시던 곳. 후렴은 다 같이 불렀다. 그곳이 차마 꿈엔들 잊힐리야~~ 역시 이 고장은 향수가 아니면 안 되는 곳이다.

해외여행도 아니고 기껏 고향 여행이 그렇듯 행복했던 건 무엇보다 타성받이가 하나도 끼지 않았기 때문이 아닐까 싶다. 오롯이 우리 부모님이 낳은 피붙이끼리 함께 여행한다는 것, 공유한 시간과 기억이 있는 장소를 찾아 형제들이 함께 간다는 것, 그 쉽고도 간단한 일을 드디어 그날 해냈으니 그토록 행복했을 게다. 우리 남매들이 우애가 좋은 편이긴 했어도 젊었을 땐 각자 제가 만든 둥지 가꾸느라 형제를 깊이 돌아볼 여유가 없었다. 형제가 절실하게 필요하지도 않았다. 형제가 많으니 성격에도 배움에도 차이가 있고 사는 수준의 높낮이도 달랐다. 당연히 크고 작은 갈등과 질시가 있었다. 어떤 형제들은 몇 년씩 얼굴을 안 마주치고 살기도 했다. 한데 막내가 오십을 훌쩍 넘기자 모든 경계가 허물어졌다. 너무 분명해서 도저히 허물 수 없을 것 같던 구획들이 사라졌다. 그리고 평준화되었다. 배움도, 살림살이 형편도, 성격도, 인물까지도. 젊어서는 아버지를 빼닮았던 막내와 남동생까지도 희한할 만큼 엄마 얼굴이 되어 버렸다. 각자가 껴안고 있던 삶의 지향점이 녹아 없어지고 모두의 희망사항이 하나가 되었다. 건강하게 사는 것. 평준화되어 질시 같은 게 사라지고 난 자리에는 서로를 긍휼히 여기는 마음만 남았다. 타성들과 살면서 받은 긴장과 억압과 모멸, 자식들 떠나보내고 횡뎅그렁해진 마음, 자식의 슬픔에 아파하는 가슴을 서로 위로해주는, 오래된 친구 같은 혈육이 되었다.

"재연이 언제 미국 간다고 했지?" 열차가 막 수색을 출발하는데 셋째언니가 묻는다. "다음 주 화요일에 간다고 했잖아?" 막내가 대답한다. "출국 금지도 풀리고 이제 발 뻗고 자겠어." 둘째언니다. "재연이 반쪽 된 거 보니 가슴이 저려 죽겠네. 어떻게 해야 살을 찌우나." "그래도 일이 잘 풀렸으니 얼마나 고마운 일이야." 나와 오빠가 한 마디씩 보탠다.

작년 1월 남동생 재연이는 휴대폰과 집을 압수수색 당하고 출국금지까지 당했다. 동생이 다니던 회사의 비리가 처음 뉴스에 오르내릴 때만 해도 동생에게까지 불똥이 튀리라고는 생각지 못했다. 동생은 현직도 전직도 아니고, 전전직 부사장이었으니까. 여리고 소심한 동생이 검찰조사 받을 생각에 우리 형제들은 밤잠을 이루지 못했다. 검찰 조사 후에 투신한 사람이 어디 한둘인가 말이다. 언니들은 아침 금식 기도에 들어갔고 형제들은 매일 밤 9시,

일시에 각자 집에서 기도를 했다. 처음엔 유순한 검사를 만나게 해달라는 기도였고 나중에는 동생이 지은 죄가 있으면 그만큼만 벌을 받게 해달라는 기도였다. 기도는 한 달 이상 계속되었다. 동생네 집 압수수색과 함께 시작된 내 설사도 한 달이나 멈추지 않았다. 정신적 고통에, 웬일인지 내 몸은 꼭 설사로 반응했다. "걱정들 하지 마세요. 난 죄가 될 짓을 하지 않았어. 세상이 아무리 변했어도 진실보다 더한 가치가 어디 있겠어요." 동생은 말했다. 하지만 전직 사장과 전전직 사장의 비리가 날마다 워낙 크게 보도되니, 그 사장을 모신 사람으로서의 죄가 있을지 알 수 없었다. 변호사도 무죄 추정을 하지는 않았다. 회사 임직원들과 관련자들까지 모두 소환되는데 무슨 일인지 검찰은 동생을 부르지 않았다. 소환되기를 기다리는 날들이 바로 고문이었다. 그게 형벌이었다. 동생은 자고 나면 살이 한 움큼씩 떨어져 달아나는 것 같다고 했다. 머리카락 빠지듯. 평생 순탄하게 살고 퇴직했으니 동생은 꽃길 인생을 살았다 했는데, 행복 총량의 법칙은 누구에게도 예외가 없었다.

동생은 두 달이 지나 검찰에 출두했다. 검찰에서는 동

생에게 조사가 더 있을 것이니 멀리 가지 말라고 했다. 살이 쑥쑥 내리는 시간이 흘렀다. 몇 달이 지나자 전직 사장과 부사장, 전전직 사장이 구속되었다. 관련된 은행장 두명과 회계법인 대표도 구속되었다. 글로벌 불황에도 끄떡없던 동생네 회사는 전직, 전전직 사장의 분식회계로 인해 갑자기 부실기업이 되어 버렸다.

동생은 무사히 태풍을 피했다. 올해 1월, 출국금지도 풀렸다. 모두가 기도 덕분이라고 동생은 형제들에게 고마워했다. 우리는 올곧게 살아준 동생에게 오히려 고마워했다. 누군가 인생을 잘 산다는 건 자신만을 위한 것이 아니고 다른 많은 사람들에게 기쁨과 평화를 주는 일이었다. 그 사건 이후 동생이 달라졌다. 바쁘다며 숟가락을 놓기 무섭게 큰언니네 집에서 달아나곤 하던 동생이 팔베개를 하고 누워서 누나들이 무릎 아프고 허리 아프다며 징징거리는 소리도 다 듣고, 드라마 얘기를 열불 내며 하는 것도 다 들어준다. 헐! 리얼리? 하고 장단 팍팍 맞추면서.

열차에는 승객들이 조금 많아졌다. 우리 남매들은 다들 조용히 입을 다물고 있다. 옆에 서 있는 사람들도 있고, 무엇보다 지난 일 년 고난의 시간을 반추하느라고 그랬으리라.

"다음이 홍대역이네. 나 내려야겠어."셋째언니가 가방을 여미며 내릴 준비를 한다. 언니는 여기서 공항철도를 타고 인천으로 간다. 형제들이 너무 멀리 떨어져 살아 불편함이 많지만 나름대로 그곳에 살아야 할 이유들이 있어서 섣불리 이사를 못한다. 열차가 홍대 역에 선다. "오늘 애썼어. 조심해서 잘들 가.""응. 언니, 잘 가. 우리가 기도할게."막내가 말한다. "고마워."셋째언니가 활짝 웃으며 손을 흔들고 내린다. 셋째언니는 아직도 예쁘다. 한번 미인은 영원한 미인인 모양이다. 하지만 스크린 도어 밖으로 빠져나가는 언니의 뒷모습은 쓸쓸한 허깨비 같다. 셋째언니는 같은 동네에 사는 딸네 집으로 간다고 했다. 네 번째 시험관 아기 시술을 앞두고 있는 딸네 집으로. 함께 시험관 아기 시술을 시작한 부부들이 하나하나 성공했는데 저만 세 번째에도 실패를 했으니 그 허탈함과 절망감이 오죽 컸을까. 두 번째까지는 오히려 엄마를 위로하던 딸이 세 번째 실패에는 통곡을 하더라고 했다. 딸 아이의 몸도 마음도 너무 상해서 아기 낳지 말고 그냥 살았으면 싶은데, 딸이 기어이 아기를 낳아 온전한 부부가 되고 싶다고 하니 어쩌겠냐고 언니는 말한다. 아기는 사람의 힘으로 되는 일이 아니니 딸아이를 따뜻이 품어 주는 수밖에. 그리고 간절히 기도하는 수밖에 무슨 수가 있을까.

둘째언니와 오빠가 공덕역에서 내린다. 나와 동생이 그 자리에 앉는다. 앉을 때는 순서대로 앉았는데 내릴 때는 들쭉날쭉이다. 내리는 건 뜻대로 안 된다. 저세상 갈 때도 아마 그럴 것이다. 둘째언니는 5호선을, 오빠는 6호선을 갈아타며 헤어질 게다.

둘째언니는 올해 들어 갑자기 등이 살짝 굽었다. 그 굽은 등에 손자가 들어앉았으리라. 언니는 총총히 여의도의 병원으로 갈 것이다. 중학교 2학년인 손자가 며칠째 입원 중이다. 손자가 중학교 들어가면서부터 사소한 일에도 불같이 화를 내고 화를 내는 횟수가 잦아졌지만 사춘기라 그런가 보다 했는데 지금은 학교생활을 못할 정도가 되었다고 한다. 어릴 때 너무나 순하고 예의 바르던 아이가 그렇게 되어 더욱 안타깝다. 어린 것의 마음속에 쌓인, 조절 못할 분노란 대체 뭘까. 제 속의 화를 참고 누르며 온순한 척, 예의 바른 척하려다 그렇게 된 게 아닌가 싶어 안쓰럽

다. 둘째언니는 남의 손에 아이를 키워서 그리 된 게 아닌
가 자책한다. '2악장'이라는 별명을 가진 둘째언니는 느
리고 부드럽다. 목소리도 작다. 그런 언니지만 손자 일에
무척이나 동동거리며 속을 태운다. 얼마나 속을 태웠으면
갑자기 등이 다 굽었을까. 언니는 건강이 안 좋아 맞벌이
하는 아들네 아이를 키워주지 못했다. 남의 손에 큰 아이
라고 다 분노조절장애가 되지는 않는다고 언니를 위로해
본다.

　오빠는 구청으로 갈 것이다. 구청 로비 카페에서 일할
실버 바리스타 모집에 응모했는데 오늘 면접을 보기로 했
단다. 사람들 속에 섞이는 오빠의 뒷모습에 도태된 존재
의 허무가 깊게 배어 있다. 이상한 일이다. 마주 보고 있
을 때의 형제들 얼굴은 모두 밝고 유쾌한데 돌아선 뒤통
수는 하나같이 소슬하고 텅 비어 있다. 앞모습은 부모님
이 주신 우리의 본질이며 선천적 모습이고 뒷모습은 타인
들과의 삶에서 얻은 후천적 모습일까. 끌끌… 형부들이나
올케들이 들으면 질겁할 생각이다. 그들은 그들대로 우리
형제로 인해 상처받고 멍든 얘기가 몇 권씩은 될 터인데.
오빠는 국내 굴지의 광고회사에 다녔다. 정사진부靜寫眞部

책임자였다. 오빠는 주로 지면 광고 사진을 찍었다. 내로라하는 광고대상을 받으며 오빠가 아날로그 필름 카메라에 몰두해 있는 사이 세상은 디지털로 바뀌고 광고의 패러다임도 바뀌었다. 게다가 국민 모두가 카메라를 손안에 하나씩 들고 다니는 세상이 되었다. 사진이 더 이상 전문가만의 일이 아니게 된 것이다. 어느 결에 정사진부가 사라지고 오빠는 아날로그 카메라 시대의 종언과 함께 고요히, 스르르, 밀려났다. 세상의 뒤뜰로. 퇴직 후 작은 스튜디오에서 일하더니 재미없다고 그만두고 바리스타 공부를 했다. 재수 없으면 백 살 산다고 두려워하는 오빠에게 할 일이 생기기를! "언니, 요새 날씨가 너무 좋아서 그런지 가슴이 휑하고 자꾸만 눈물이 핑 돈다." 막내가 내 블라우스 소맷자락을 만지작거린다. 그 말에 내 몸에도 눈물이 한 바퀴 핑그르르 돈다. "정서방 5주기가 돌아오니 그렇지."

금방 이촌역이다. 막내가 내린다. 나 혼자가 된다. 두려움이 오싹 덮쳐온다. 언젠가 우리 형제 중 누군가는 이런 시간을 만나게 되리라. 형제들을 차례차례 배웅하고 혼자 살아가야 하는 시간을 만나게 되리라. 함께 찍은 동영상을 들여다보며 그리움에 목울대를 떠는 시간 앞에. 바라건대 예정된 내 시간표에는 절대로 이런 순서를 맞는 일이 없기를. 막내는 4호선을 갈아타고 수유리로 간다. 동생이 수유리에 내릴 때에는 봄 햇살은 넘어가고 없을 게다. 동생은 눈물이 가득 고여 갈쌍갈쌍해진 눈으로 걸어가리라. 요즘처럼 햇살 쨍한 봄날, 반건달에 반하숙생 같은 아들 하나만 남겨놓고 제부가 가버렸다. 젊어서는 목에 힘깨나 주고 산 사업가였는데 한번 부도가 나니 일어서지 못했다. 제부 죽은 뒤 이 일 저 일 하던 동생이 최근에 자리 잡은 게 요양보호사다. 혼자 사는 할머니 환자 두 분을 보살피러 다닌다. 두 탕 뛰느라 힘들겠다고 하면 동생은 입 꼬리만 살짝 올리고 웃는다. "아냐. 나를 필요로 하는 사람이 있다는 게 고맙기만 하지." 막내는 오후 4시에 일을 마친다. 죽은 남편 얘기며 자신을 원룸에 내팽개친 아들 얘기를 소처럼 매일 되새김질하는 할머니들로부터 동생이 해방되는, 아직도 산나리 새싹 같은 우리 막내로 돌아오는 오후 4시는, 그래서 우리 형제들에게 특별한 시간이다. 휴, 미안한 마음을 쓸어내리는 시간이다.

열차가 한남을 지나고 있다. 같은 공장에서 생산된 제

품이지만 이제 각자 흩어져 다른 공장 제품들과 섞여 부대끼기 위해 형제들은 저마다의 등짐이 있는 곳으로 간다. 내 집에는 잘 다녀왔냐고 묻지도 않는 남자가 기다리고 있다. 그래도 풍산 가는 날이 또 온다. 나는 옥수역에서 한참을 서 있을 예정이다. 붉어지는 한강을 배경으로 막스 브루흐의 '콜 니드라이'를 들을 수 있으면 좋을 것이다. 삶의 엄숙과 비애와 평화를 온 몸 가득 받아들이게 하는.

다정큼나무 꽃이 피면

선생님, 저는 남녘의 암환자 요양원에 와 있습니다. 궁금해 하실 줄 알면서 오랫동안 연락을 못 드렸습니다. 어떻게든 저를 세운 뒤에 소식 드리려고 하다가 이렇게 되었어요. 제가 여기 오게 된 과정에 대해선 말씀드리지 않을래요. 듣는 것만으로도 기운이 빠지실 테니까요.

창밖의 다정큼나무가 휘청거립니다. 나무는 바람에 쓰러지지 않으려 몸을 동그랗게 웅크리고 있습니다. 나무를 흔들어대는 바람이 야속하기도 하지만 다정큼나무를 더욱 단단하게 하고 더 예쁜 꽃을 피우게 하는 것 또한 저 바닷바람일 것입니다. 해풍을 뿌리 깊이, 수피 깊이 새기면서 단단해지는 것이겠지요. 이곳에 와서 아직 바다에는 나가 보지 못했습니다. 제 몸이 잠잠한 날은 바람이 거칠고, 바람이 자는 날은 몸 상태가 거칠어서 병원 뒤 산책로 밖으로는 나가지 못했습니다. 그저 바람이 실어다주는 바다의 짠 내만 맡아보고 있습니다. 포르투갈의 시인 페르난두 페소아의 '오, 짜디짠 바다여, 너의 소금 가운데 얼마가 포르투갈에서 나온 눈물이냐.'를 상기하며, '오, 짜디짠 바다여, 너의 소금 가운데 얼마가 이현아의 엄마에게서 나온 눈물이냐'고 물어보면서요.

큰 덩어리 같은 바람이 울컥울컥 몰아치고 있는 것 같습니다. 다정큼나무의 반짝거리는 까만 열매들이 다 떨어질까 걱정입니다. 처음 이곳에 왔을 땐 나뭇가지 끝에 하얀 꽃들이 저렇듯 올망졸망 피어 있었지요. 이름만큼이나 다정하게 생긴 꽃입니다. 꽃 떨어진 자리에 맺힌 열매들이 11월이 되니 까마중처럼 새까맣게 익었습니다. 탐스러운데 먹지는 못한답니다. 가끔 새들이 나뭇잎처럼 후드득 떨어져 열매에 앉습니다. 내년에 꽃을 다시 볼 수 있을지는 모르겠습니다. 내려올 때만 해도 늦어도 초가을쯤엔 언니 곁으로 가겠거니, 했습니다. 언니를 잃은 뒤의 엄마를 뻔히 지켜본 제가 또다시 엄마를 그 지경에 들게 하겠구나 싶었습니다. 그래도 한 가지 희망은 제 상황이 예상보다 나빠지지 않고 있다는 겁니다.

선생님의 안부도 못 여쭙고 제 얘기만 떠들었습니다. 환자가 된 뒤로는 누구에게 안부 묻는 일을 못하겠습니다. 제가 묻는 안부가 아무에게도 진심으로 느껴질 것 같지 않아서입니다. 선생님께 안부를 묻는 대신, 선생님이 최근에 내신 책을 이곳에서 주문하여 읽었습니다. 다시는 책을 읽는 일은 없을 줄 알았는데, 가을 햇볕을 따라 옮겨 다니며 두 번 읽었습니다. 제가 지니고 있는 유일한 책이거든요. 여기 올 때 제 책 전부를 오빠에게 처분해달라고 했습니다. 아까울 건 없습니다. 이제는 다정큼나무 열매가 떨어지는 것보다 더 아까운 것이 없으니까요. 제게 서너 달의 시간이 남았다면 책 같은 건 읽고 싶지 않았습니다. 세면도구만 가지고 왔어요. 첫눈을 본다는 생각은 하지도 못했으니 얇은 옷 두어 가지를 둘둘 말아 백팩에 넣어 메고요. 버리고 갈 것만 들고 온 셈이었습니다.

선생님을 처음 만나던 날이 어제인 듯 생생하게 떠오릅니다. 어떤 학자가 그랬죠. 인간은 어떤 경험에 대해 주로 정점과 종점을 기억한다고 말입니다. 가장 좋았던 일과 가장 마지막 일이 경험의 내용을 결정한다는 뜻이겠지요. 그런가요? 저는 주로 어떤 경험의 처음을 선명하게 기억하는 편입니다. 특별히 딱 한 가지 경우만 그 종점을 분명하게 기억하고 있습니다. 어린 시절 일이건만.

수업이 시작되고 십 분쯤 지났을 때 강의실 뒷문으로 한 여자가 들어왔다. 첫 수업이어서 회원들이 자기소개를 막 끝낸 참이었다. 4, 50대 주부들이 주를 이루었지만 여든두 살의 여자 회원 한 분, 갓 은퇴했다는 남자 회원 두 분, 삼십대 새댁도 있었다. 까무잡잡한 얼굴에 수줍은 미소를 띤 여자는 맨 뒷줄에 살며시 앉았다. 나는 여자에게 자기소개를 부탁했다.

"늦어서 죄송해요. 이현아라고 합니다. 다들 뭐라고 자기소개를 하셨는지 모르겠는데, 저는 산문창작반이라고 해서 뭐든 써볼 수 있지 않을까 하는 마음에 왔어요." 이현아는 그렇게 말하고 앉았다. 여든두 살 회원이 "다들 그대처럼 말했다우." 해서, 모두가 웃었다. 이십여 명의 회원들은 젊은 시절부터 글을 향한 욕구가 있었으나 지금

껏 못 쓰고 이제야 써보려 한다고 했다. 말은 그렇게 했지
만 글을 오래 써왔거나 나보다 더 많이 쓴 사람도 있는 것
같았다.

"시간을 투자한 만큼 성취가 눈에 보이는 다른 일도 많
은데 하필 글에 꽂혀서 허구한 날 열등감과 패배감에 빠
져서 사네요. 허허…." 은퇴한 남자 회원이 말했다.

"열등감과 모멸감에 시달리기는 작가가 되어도 마찬가
지예요." 나는 대답했다.

"그래요? 등단하면 사라질 줄 알았는데 그게 아닙니
까?" 남자 회원이 실망하는 목소리로 물었다.

그건 평생 따라다니는 지병 같은 거다. 소설만 안 쓴다
면 이 나이에 열패감에 시달릴 일은 없을 텐데 싶어 글을
떠나 보기도 하지만, 소설이 아니고는 내가 살아 있다는
증명을 해줄 것이 없으니, '돌아와 거울 앞에 선 누님'처
럼 매번 다시 돌아오고 있다. 글은 시간을 아무리 투자해
도 성장이 눈에 보이지 않는다. 내 글이 얼마나 앞으로 나
아갔는지 가늠도 안 된다. 어떤 작품으로 껑충 비상했는
가 싶으면, 다음 작품으로 끝없이 추락하여 한동안 글을
쓰지 못하는 지경에 이른다. 돈도 따르지 않는다. 명예도

따르지 않는다. 그럼에도 아직 내가 소설을 포기 못하듯, 우리 회원들도 글 쓰는 일의 지난함을 다 알면서 첫사랑보다도 더 징글징글하게 못 잊는 글을 찾아 여기 왔을 것이다. 그러니 어쩌겠는가. 그들과 함께 달릴 수밖에. "구중궁궐처럼 깊은 곳에 감춰뒀던 속엣것을 털어내어 수없이 닦다보면 누군가의 가슴팍에 쏙 들어앉을 글을 쓰게 될 거예요. 기대합니다." 반짝이는 눈빛과 겁먹은 눈빛의 회원들을 앞에 두고 나는 결론을 맺었다. 내 말이 끝나자 젊은 새댁이 질문했다.

"선생님은 어떤 매력에 이끌려 소설을 쓰세요?"

"난 문장에 이끌려 소설을 써요. 한 문장을 던져 놓으면 그 문장이 다음 문장을 부르고 그 문장이 또 다음 문장을 부르죠. 그렇게 문장이 문장에게 불려가다 보면 내가 생각지도 못했던 방향으로 글줄기가 흘러갈 때가 있어요. 돛단배가 물결 따라가듯. 그러면 작품을 시작할 때 내가 생각했던 방향이 억지였다는 걸 알게 되기도 하죠. 그게 매력인 것 같아요. 전 그 맛에 글을 써요. 일차적으로는. 독자에게 글이 도착하기 전에, 글을 쓰면서 내가 먼저 치유 받는 것도 큰 매력이지요."

수업이 끝나갈 무렵, 이현아가 몹시 불편해하는 게 보였다. 얼굴빛이 창백해지고 몸을 떠는 것도 같았다. 수업을 마무리하고 이현아에게로 다가갔다.

"이현아 씨, 어디가 불편하세요?"

"네. 속이 답답하고 좀 춥네요." 그녀는 어깨를 잔뜩 웅크리고 떨었다. 나는 얼른 트렌치코트를 벗어서 카디건을 입은 그녀의 어깨에 덮어주었다. 추운 날씨가 아니었다. 4월 오전 햇살이 따스하게 유리창을 간질이고 있었다.

"어디 아픈 거 아네요?" 회원들이 물었다.

"괜찮아질 거예요." 이현아가 자리에서 일어섰다.

나는 이현아를 데리고 근처 병원에 들렀다가 점심을 먹으러 갔다. 따뜻한 야채죽을 함께 먹었다. 비로소 그녀의 얼굴이 발그레해졌다. 그녀는 점심을 먹으며 자분자분 얘기를 털어놓았다. 그녀는 마흔이 넘었고 비혼이라고 했다. 결혼하지 않은 쉰두 살의 여동생이 있는 나는 그녀를 특별하게 바라보았다. 세상 어딘가에는 내가 낄 자리가 있을까 하고 말하던, 깊은 결락 속에 사는 동생의 모습이 이현아에게서도 언뜻 느껴졌다. 그녀는 수줍은 듯 하지만 비밀스런 불덩이 하나를 목구멍 너머에 숨긴 사람 같기도 했다.

이현아는 초등학교 방과후교사를 하고 있었다. 엄마와 오빠가 서울 쪽으로는 다리도 안 뻗는 사람이어서 서울로 진학하는 일을 포기하고 고향 인근 지방대학에서 사회복지학과를 졸업했다. 졸업 후 결혼도 안하고 변변한 일자리도 얻지 못해 시름시름 늙어가고 있으니, 결국 오빠가 서울행을 허락했다고 콧등에 주름을 잡으며 멋쩍게 웃었다.

"이제 늙었응께 서울 보내 주는디, 그려도 조심, 조심 또 조심혀야 써. 골목길 조심허고 남자는 쳐다보지도 말어. 공부 허고 오면 오빠가 집을 팔아서라도 유치원 채려 줄 텡게."

오빠 말을 믿고 서울 올라온 그녀는 대학원에서 유아교육학 과정을 마치고 논문만 남아 있는 상태라고 했다.

"오빠를 생각하면 논문 빨리 써서 마무리하고 내려가야 하는데 소설이 쓰고 싶어졌으니 어쩌면 좋아요?" 그녀가 한숨을 쉬었다. "학자금 융자금도 갚아야 하는데, 지금 알바로는 생활비도 턱없이 부족해요." 생계가 달렸으니 논문부터 쓰는 게 낫겠다고 나는 대답해주었다. 소설은 이 꼴 저 꼴 더 보고, 더 듣고, 사람 공부 더 한 뒤에 써도 되니 천천히 쓰라고. 소설은 긴 시간이 필요하고 생계를 책임져 주지도 않는다고.

선생님, 그날 새벽까지 선생님 소설을 읽느라 늦잠을 잤어요. 그래서 아침밥을 급히 먹었더니 체했던가 봅니다. 첫 강의가 시작되기 전에 선생님의 책을 읽고 가는 게 도움이 될 것 같았거든요. 덕분에 소설가와 단둘이 점심 먹는 행운을 얻었지요.

전 어려서부터 문학작품을 읽기 시작했고 글쓰기도 좋아했지만 소설은 아주 특별한, 하늘이 내린 사람만 쓸 수 있는 거라고 믿고 있었습니다. 소설가에 대한 경외심이 대단했었지요. 그래서 마음에 안 차는 수필만 잔뜩 써놓았습니다. 한데 선생님 소설집을 읽는 동안 언 땅을 헤집고 나오려는 새싹들처럼 저의 온 세포가 안달이 났습니다. 소설을 쓰고 싶어서요. 심지어 잘 쓸 수 있을 것 같은 용기마저 불끈불끈 솟았습니다. 선생님의 책은 오십이 넘어 새 삶에 도전한 여자들의 이야기가 연작으로 되어 있는 중편소설집이더군요. 쉰둘에 예순여덟 살 재혼남과 결혼한 아가씨도 있고 예순에 연하 미혼남과 재혼한 여자도 있었습니다. 쌍방 재혼도 있었고요. 새로운 가정에 뿌리를 내리려는 여자들의, 삶을 살아내는 모습들이 젊은 작가의 글처럼 속도 있고 활달한 문장으로 그려져 있었습니다. 혼자 의미 없는 시간을 죽이며 늙어가기보다 누군가에게 밀알이 되는 삶을 택한 여자들에게 저도 공감했습니다. 하지만 제가 그 책을 덮으며 중얼거린 말은 '아, 나도 결혼해야겠구나'가 아니었습니다. '나도 소설을 써야겠구나'였습니다. 이상하게 들리시겠지만 그 밤에 선생님은 제게 어떻게 써야 할지 방법까지 제시해주셨습니다.

이현아는 수업 중에 여러 편의 수필을 제출했다. 작품마다 시선도 날카로웠지만, 결말이 상투적이지 않아 회원들의 칭찬이 쏟아졌다. 하지만 회원들에게 이현아를 각인시킨 건 작품이 아니라 기침이었다. 그녀는 매 수업 때마다 폐 속에 든 모든 기침을 토해내듯 극렬하게 기침을 했다. 강의실을 들었다 났다 하는 기침을 할 때마다 수업이 중단되었고 그녀의 기침소리를 듣는 것만으로도 회원 모두가 함께 탈진되었다. 눈물 콧물이 범벅된 그녀는 미안해서 쩔쩔맸다. "죄송해요. 감기가 안 떨어지네요." 나는 그녀에게 말하고 싶었다. 기침 대신, 목구멍 너머에 숨겨놓은 비밀스런 불덩이를 토해내 보라고.

여든두 살 회원이 한 주 건너 소설 한 편씩을 제출하기 시작했다. 주로 수필이나 콩트 들을 합평하다가 소설이 쏟아져 나오니 강의실이 본격적으로 달아올랐다. 그분은 오십이 넘어 중고등학교 졸업 검정고시에 합격하고 환갑에 전문대학 문예창작과에 입학하여 많은 작품을 썼다고 했다.

"요즘도 매일 노트북 앞에 앉아 소설을 쓰지요. 단 한 줄이라도. 영감도 없고 자식들도 다 나간 빈 집에서 소설이 아니었다면 이 늙은이가 뭘 하면서 살았겠어요. 카페 창가에 앉아 노트북 자판 한번 두드려보고 싶은데 꼴불견일까 봐 참고 있어요." 그분의 얘기에 머리가 반백인 남자 회원이 말했다.

"멋지십니다. 내일 저랑 같이 노트북 들고 카페에 가실래요?"

"우와, 그 그림이 진짜 멋지겠는걸요? 실버 두 분이 카페 창가에서 소설 쓰시는 풍경이라니. 구경 가야겠어요. 어느 카페로 가실 건가요?"새댁의 말에 강의실이 웃음바다가 되었다.

여든두 살 회원의 소설은 대체로 '인물이나 장면 묘사는 섬세하고 치밀하지만 서사가 방만하고 올드하다'는 평을 들었다. 하지만 작품의 수준을 떠나 연세 많은 분의 열정을 보면서 모두 자극을 받았다. 하나둘 소설을 써내는 회원들이 늘었다. 이현아가 초조해하는 게 보였다. 논문도 못 쓰고 소설도 생각처럼 안 써지고 내려가지도 못하고 어째야 좋을지 모르겠다고 가끔 전화하여 하소연을 했다. 그러던 이현아가 어느 날 원고지 50매짜리 글을 제출했다. 경장편소설을 쓰려고 하니 프롤로그 정도로 읽어달라고 했다. 회원들은 단편도 한 편 안 쓰고 무슨 장편이냐고 놀랐다. 단편소설이 장편을 쓰기 위한 준비단계가 아니라고 나는 말해주었다.

이현아의 소설은 한 중년 여자가 헬싱키 여행을 계획하면서 유년 시절을 회고하는 것으로 시작되었다. 일인칭 소설이었다. 집성촌에 사는 여덟 살 소녀가 중학교 3학년인 사촌 오빠를 마음에 품었다. 소녀는 어디에서나 누구에게나 외치고 다녔다. "나가 커서 반드시 수민오빠와 결혼헐 텡게 두고 보랑께." 그렇게 외치고 다니건만 소녀의 엄마도 오빠도 언니도, 동네 친척들 중 누구도 그 말을 귀담아듣지 않았다. '난 이담에 커서 아빠와 결혼할 거야'와 같은 그 말을 누가 귀담아 들었겠는가. 이웃에 사는 수민오빠 역시 들은 척도 하지 않았다. 소녀를 한결같이 어린 아기 대하듯 할 뿐이었다. 중년의 여자는 그때를 회상하며 고개를 끄덕인다. 사춘기 남자 중학생에게 여덟 살짜리 여동생이라니, 아마도 미물처럼 여겨져 바라볼 대상도 못 되었을 것이다. 사춘기 중학생의 머릿속엔 무한한 세상들이 들어와 꿈틀대기 시작한다. '데미안'이 들어오고 '광장'이 들어오고 '체 게바라'가 들어온다. "나가 꼭 수민오빠랑 결혼한당께!"라는 말이 소녀의 입에서 사라진 건 초등학교 상급학년이 되면서부터였다. 제 사랑이 금지된 사랑이라는 걸 어렴풋이 알게 되었다. 그렇다고 소녀의 마음에서 사촌 오빠를 향한 영토가 좁아진 건 아니었다. 오히려 속으로 감춘 영토는 끝 모르게 넓어지고 대상은 과장되었다. 무릇 금지된 사랑의 속성이 그렇듯. 소녀가 중학교에 입학했을 때는 제 마음 속에서 자란 연모의 상대가 누군지도 모르는 상태에 이르렀다. 상대는 매일매일 확대 재생산되어, 여중생 가슴 속의 수민오빠와 대학생이 된 실제의 사촌 오빠는 전혀 다른 인물이 되어 있었다.

이현아의 소설은 거기까지 쓰여 있었다. 나는 최근에 읽은 아일랜드 작가의 어떤 소설이 떠올랐다. 다섯 살 여자애가 "난 아빠 친구와 결혼할 거야!"라고 선언했다. 그 아이 엄마가 말했다. "아빠 친구는 결혼했는데?" 그러자 여자애가 대꾸했다. "상관없어!" 22년 뒤, 아빠 친구는 도시에서 세 번 이혼하고 고향으로 돌아왔다. 여자 아이는 도시에서 공부하고 돌아와 고향의 교도소에서 재소자들의 재활을 맡고 있었다. 아빠 친구를 다시 만난 순간 여자 아이는 이 세상에서 그의 얼굴 외에는 아무것도 보지 못했다. 넷이 함께 식사하는 자리에서 그런 딸의 눈빛을 본 부모는 두려워한다. 딸을 말릴 수 없으리라는 걸 직감했기에. 그 소설을 생각하니 어린아이들의 말이 한때의 장난만으로 끝나는 것이 아니어서 이현아 소설의 이후가 궁금했다. 소녀의 남도 사투리가 능청맞고 맛깔스러워 읽는 재미도 있었다. 이 소녀가 앞으로 어떻게 성장할지 기대된다고 얼른 뒷부분을 써내라고 회원들이 한 마디씩 했다. 이현아는 격앙되어 얼굴이 빨개졌다. "조금씩 써서 내볼게요." 했다.

그 원고를 제출한 뒤 웬일인지 이현아는 강의실에 모습을 나타내지 않았다. 휴대폰도 꺼져 있었다. 어디가 아픈가 걱정이 되었다. 얼굴이 창백해지며 떨던 그녀가 자꾸 어른거렸다. 두어 달쯤 지났을까. 어느 밤에 이현아에게서 전화가 왔다.

"선생님, 저 폐암이라네요!"

"뭐라구?" 이현아의 목소리가 무슨 상이라도 받은 사람처럼 명랑하고 들떠 있어서 잘못 들은 줄 알았다.

"걱정 마세요. 저 수술 잘 받을 거예요. 항암치료도 씩씩하게 받을 거구요. 저, 오늘 연애 시작했거든요. 세상에! 병이 드니 연애도 되네요. 병은 아무한테도 알리고 싶지 않으니 선생님만 알고 계세요."

이현아는 폐암 수술을 앞둔 여자가 아니라, 막 연애를 시작한 아가씨였다.

선생님, 암 진단을 받고 나와 지하철을 탔습니다. 작은 숄더백을 메고 서 있는데 그 무게가 엄청난 겁니다. 어깨가 자꾸만 기울어 백이 흘러내리더라고요. 백팩을 사서 등에 메는 게 낫겠다 싶었지요. 종각역에서 내렸습니다. 지하상가에서 가방가게들을 본 적이 있었거든요. 가방가게들 밖에 백팩들이 죽 걸려 있었습니다. 저는 첫 번째 가게에서 가볍고 큰 것을 하나 골랐습니다. 수술 들어갈 때 그 안에 소지품을 넣으려고요. 저는 가게 안으로 들어갔습니다. 좁은 가게 안에는 사방에 가방과 신발들이 진열되어 있고 한구석에는 물건들이 비닐째 쌓여 있었습니다. 주인인 듯싶은 남자가 낮은 의자에 앉아 다리를 쩍 벌리고 자고 있었습니다. 팔짱을 낀 채 미간을 찌푸리고 자는 남자는 제가 가게 안을 몇 바퀴나 어슬렁거려도 깨지 않았습니다. 저는 갑자기 남자의 쩍 벌린 다리 사이에 쪼그려 앉고 싶었습니다. 선생님, 전 무서워요. 남자들이. 아는 남자는 알아서 무섭고, 모르는 남자는 몰라서 무서워요. 그런데도 남자의 다리 사이에 쪼그리고 앉았습니다. 메멘토 모리를 떠올리니 그런 배짱이 나오더라고요. 죽음 앞에 한번쯤 마음이 시키는 대로 해도 되지 않을까 싶었습니다. 어릴 때는 활발하고 당당했으나 철들고부터는 어느 것도 제가 원하는 대로 해본 적이 없었습니다. 특히 언니 죽고부터는 죽은 듯 살았습니다. 엄마와 오빠가 그걸 원했으니까요. 제발 남자와 얽히지도 말고 남자 눈에 띄지도 말고 그림자처럼 살라고 틈만 나면 저를 억눌렀습니다. 저는 자는 남자의 얼굴을 아래서 올려다보았습니다. 그의 얼굴은 욕구불만인 어린애 얼굴처럼 가엽고 측은해 보였습니다. 찡그린 걸 보니 어디가 아픈 것도 같았습니다. 뽀얀 얼굴이 병약해 보이기도 하고 착해빠진 막내일 것 같기도 했습니다. 이 남자는 어디서 뭘 하다가 공기 최악인 이곳 지하상가로 왔을까. 결혼은 했을까. 한참 그런 생각을 하며 앉아 있다가 제 팔이 무릎에서 미끄러지며 남자의 다리를 툭 건드렸습니다. 선생님, 자기의 벌린 다리 사이에 웬 여자가 쪼그리고 앉아 얼굴을 올려다보고 있는 해괴한 꼴에 남자가 얼마나 당황했을지 짐작이 가시죠. 남자가 소리를 지르며 벌떡 일어섰습니다.

"뭐야, 당신?"

"저요? 고객이죠. 가방 하나 고르고 기다렸잖아요. 사장님 깨어나시길." 저는 가방을 흔들었습니다. "괜히 기다렸네. 그냥 들고 갈 걸." 그제야 남자가 머리를 긁적이며 말하더군요.

"미안합니다. 속이 안 좋아 약을 먹었더니 깜빡 잠이 들었었나 보네요. 그래도 그렇지, 무슨 여자가…."

저는 계산을 하고 백팩 속에 숄더백을 집어넣었습니다. 가방을 등에 메니 짐을 누군가와 나누어 진 듯 가벼웠습니다.

"사장님, 가게 문 몇 시에 닫아요?"제가 물었어요. 제 목소리가 터무니없이 크고 쾌활하게 튀어나왔습니다.

"그건 왜요?"남자가 뜨악한 표정으로 쳐다봤습니다.

"아프시잖아요. 아픈 사람에겐 누가 밥을 사줘야 돼요. 저도 배고픈데 혼자 저녁 먹기 싫고요. 오늘만은, 오늘은 특별한 날이라 꼭 누군가와 함께 밥을 먹고 싶어요."그게 제 진심이었습니다. 혼자서는 밥이 넘어갈 것 같지 않았습니다. 남자가 저를 한참 쳐다보더니 대답했어요.

"그래요. 까짓것 일찍 문 닫고 밥 먹으러 갑시다. 죽은 사람 소원도 들어준다는데."저는 후후 웃으면서 말했지요.

"사장님은 지금 죽을 사람 소원을 들어주는 거예요."

"뭐라구요?"

"크으, 농담이요."

남자와 저는 인사동까지 걸어가서 죽집에 들어갔어요. 남자가 며칠째 속이 안 좋다며 죽을 먹겠다고 하대요. 선생님 처음 만난 날이 생각났어요. 통성명을 하고 전복죽을 먹었습니다.

"진영 씨, 결혼했어요?" 죽집에서 나와 안국동 쪽으로 걸으며 제가 물었지요.

"삼 년째 별거 중이에요. 이혼이 될지 재결합이 될지는 몰라요."

"그럼 나랑 사귈래요? 나 싱글인데."

"돌싱?"

"아니, 어디도 가보지 않은 싱글."

"나, 가진 게 아무것도 없고 보잘것없는 사람이에요."

"그럼, 나야말로 가진 게 없어서 못 사귀겠네요. 진영 씬 젊고 건강하잖아요."

저는 그가 어떤 사람이든 아무 상관이 없었습니다. 치료 받는 동안 제가 몰두할 수 있게만 해준다면. 이기적인 생각이지만 전 치열하게 몰두할 누군가가 필요했습니다. 암이 아니라 사람을 생각하며 시간을 보내고 싶었습니다.

객지에서 혼자, 많이 진행된 암과 싸울 생각을 하니 그런 염치없는 궁리를 하게 되었습니다.

"현아 씨 어디 아프죠?" 남자가 물었어요.

"아픈 사람은 진영 씨잖아요."

"난 살짝 긁힌 거고, 현아 씬 어디가 깊이 팬 거 같아요. 아픈 사람 아니곤 그리 행동할 수 없어요. 어디가 아픈 거예요?" 종로경찰서 앞에서 남자가 내 손을 잡아 그의 작업복 바지 주머니 속에 넣었습니다. 남자의 따뜻한 허벅지살이 손가락에 느껴졌어요. 머릿속에 소름이 쫙 돋아 올랐습니다. 며칠 전 일처럼 또렷한, 오래 전 그날 생각에. 내가 손을 빼려 꼼지락거리자 남자가 내 손을 더 힘주어 쥐었습니다. 그날의 그처럼 말입니다.

이현아는 수술을 앞둔 이주일 동안 열심히 연애를 하는 듯했다. 그녀는 휴대폰의 데이터가 다 소진될 때까지 그들의 만남을 세세히 중계했다. "제 얘기가 소설 소재가 될까요?" 하고 깔깔대면서. 나는 라디오 연속 방송극을 듣듯이 그녀의 얘기를 들었다. 데이트 1일, 남자가 초저녁에 가게 문을 닫고 이현아에게로 왔다. 그들은 이현아 동네의 초등학교 운동장을 팔짱 끼고 몇 번 돌면서 '걱정 말아요 그대'를 큰소리로 부른 다음, 카페에서 캐모마일을 마시고 헤어졌다. 이튿날은 어두운 학교 운동장을 몇 바퀴 돌고, 플라타너스 나무에 기대어 서로 얼굴을 깊이 쓰다듬고 탐했다. 다음날은 이현아의 집에서 함께 잤다. 오래된 부부처럼 아무 거리낌이 없어서 둘 다 놀랐다고 했다. "혹시 우리가 이전에 함께 잤었나?" 남자가 키득거리며 물었다고. "그 남자는 무섭지가 않았어요. 초식성의 노루 같아서 편안했어요. 남자와 여자가 첫 밤을 그렇게 걱정 없이 보낼 수 있다는 것도 신기했고요." 이현아는 고백했다. 당분간 엄마가 올라와 있을 테고 남자도 있으니 내겐 병원에 오지 말라고 당부했다.

제 모든 수발이 남자의 차지가 되었습니다. 아니, 남자가 자처했어요. 저도 엄마보다 남자의 시중을 받는 게 편했습니다. 눈물을 닦으며 따라다니는 엄마를 보는 게 불편했습니다. 오빠는 고향의 대학병원으로 내려가자 했지만 엄마는 서울 병원의 의술이 더 좋을 테니 서울에서 치료하라고 했습니다. 수술이 끝나고 엄마를 내려 보내자 남자는 매일 집에 찾아왔고 병원에도 데려다 주었습니다. 제가 아무것도 못 먹고 구토를 할 때는 가게 문을 열지 않고 함께 있어 줬습니다. 유기농 재료를 사다가 먹을 걸 만들어 주기도 했어요. 선생님, 그때 제가 가방가게를 참 잘 골랐지요? 저는 육신은 조각난 듯 고통스러웠지만 뇌는 따뜻하고 편안했습니다. 마음이 가슴에 있는 게 아니라 뇌에 있다잖아요. 선생님, 남자는 그때 제게서 뭘 봤을까요. 미래에 대해선 깜깜해서 아무것도 보지 못했을 텐데. 그렇다고 제 과거를 보지도 못했는데. 성자聖者도 아닌 남자가 왜 제게 자기 시간을 온통 바치는지 궁금했습니다. 그는 빚을 갚듯 제게 지극정성이었습니다. 아무리 생각해도 그렇게 해야 할 이유가 없었습니다. 설마 사랑 때문에 그랬으리라고는 생각지 않았어요. 저는 남자를 양모담요처럼 좋아했습니다. 그와 있으면 맨 몸을 양모담요로 감싸 안은 듯 포근했습니다.

그 남자는 저를 위해 할 수 있는 모든 것을 했어요. 제 옆에 영원히 있는 일만 빼고 말입니다. 저는 서운하지 않았습니다. 그는 가야 할 사람이었어요. 6개월이 넘는 시간, 병이 아니라 사람을 바라보며 살게 해주었으니 그것으로 충분했습니다.

　이현아에게서 연락이 왔다. 치료가 끝났다는 것이다.
우리는 덕수궁 앞에서 만나기로 했다. 몇몇 사람이 서성
거리고 있던 대한문 앞에 그녀가 나타나자 사람들이 모두
그녀를 쳐다봤다. 그녀는 인도 남자처럼 붉은 터번 비슷
한 것을 머리에 두르고 하얀 블라우스에 터번과 같은 색
의 통 넓은 배기바지를 입었다. 단정하고 다소 경직된 차
림을 하던 그녀였다. 하하, 웃으며 그녀가 다가왔다. "머
리칼이 없어서 뭘 써야 하는데 더워서 털모자는 그렇고,
차양 모자도 안 어울리고 그러다보니 이런 걸 썼어요. 모
자에 어울리는 옷을 찾다보니 이런 차림이 되었네요. 저,
웃기죠?" "아니, 근사해요." 키는 크지 않지만 이목구비
가 큼직하고 피부가 검은 그녀에게 그 차림이 잘 어울렸
다. 얼굴은 수척했으나 남몰래 비밀의 언덕을 몇 개나 넘
어온 듯한 눈빛이 그윽하고 아름다웠다. 우리는 덕수궁
현대미술관에서 전시되고 있는 '휘트니미술관전'을 관람
했다. "그림은 이해하지 못했지만, 소설가와 함께 미국현
대미술을 감상했다는 것 자체가 제겐 신기한 경험이에요.

전 촌년이라 그림 좋아해도 직접 보러 다닐 기회가 없었거든요." 나는 꽃집에 가서 그녀에게 커다란 꽃다발을 하나 선물했다. 카드에 '날아라, 그대. 이 꽃잎들이 일시에 다 흩어지도록 힘차게!' 라고 적어서 함께 주었다. "선생님, 평생 간직해야 할 꽃다발인데 꽃잎 흩어지면 아까워서 어떡해요?" 그녀가 꽃다발을 가슴에 안았다. "저, 다시 소설 쓸 수 있겠죠?"

선생님, 오늘도 오전부터 바람이 다정큼나무를 사정없이 때리고 있어요. 해풍에 맞서야 해서 그럴까요. 이곳의 다정큼나무들은 키가 크지 않습니다. 바람이 세차게 부니 양모담요 같던 그 남자가 보고 싶어지네요. 병이 재발하기 전에는, 보고 싶으면 보러 가면 되지 무슨 걱정이야, 하고 저를 달래면서 부지런히 도서관에 다니며 논문을 썼어요. 빨리 논문을 끝내고 시골로 내려가려고요. 하지만 재발하자마자 전 엄마에게 내려갔어요. 암세포 가득한 몸으로 남자의 가게에 찾아갈 제가 무서웠어요. 그 남자를 제 인생에 빠뜨릴까 두려웠어요. 어쩌자고 일 년밖에 안 되어 재발했을까요. 저는 지방의 대학병원엘 다녔습니다.

병원에서는 상당히 비관적이었습니다. 그렇게 말리는 서울 가더니 결국 못된 병을 얻어왔다고 엄마는 울기 시작했습니다. 언니 죽었을 때처럼.

지금껏 누구에게도 언니 얘기를 해본 적이 없는데 이젠 할 수 있을 것 같아요. 그 당시 방송과 신문에 떠들썩했던 사건이지만 지금은 기억하는 사람이 없을 거예요. 그동안 비슷한 사건들이 하도 많이 일어나서요. 목요일 새벽에 학교에 간다고 나선 언니는 그날 등교하지 않았고 일요일 아침, 등산객에 의해 발견되었어요. 그곳은 우거진 숲속이어서 사람이 다니는 길이 아니었어요. 그날 남자 등산객이 배가 아파서 볼일을 보기 위해 숲길로 접어들었다가 언니를 발견하게 된 것이었지요. 그곳은 언니네 집에서도 멀고 학교에서도 한참 먼, 서울 외곽의 산이었습니다. 언니는 대학 4학년이었습니다. 졸업을 한 학기 앞두고 있었지요. 우리 가족이 아는 언니는 모범생이었고 연애 한 번 하지 않았습니다. 언니는 고향의 고등학교에서 수석 졸업을 했습니다. 물론 언니의 삶을 우리 가족이 다 안다고 말할 수는 없을 겁니다. 대학에 입학하며 서울로 올라간 언니가 어떤 사람들과 관계를 맺고 어떻게 살았는지도 자세히는 모릅니다. 하지만 한 인간에게는 도저히 변하지 않는, 가지고 태어난 기본 인성이 있지 않습니까. 언니는 어려서부터 공부만 잘했지, 심약하고 겁이 많았습니다. 남 앞에 나서는 것도 싫어하고 친구도 별로 없었습니다. 아무나 사귈 사람이 아니었습니다. 무엇보다, 장학금 타야 해서 누구 만나 노닥거릴 시간이 없다고 했습니다. 엄마가 남자 친구도 없냐고 물으면 언니는 그렇게 대답하곤 했어요. 언니는 목요일 새벽 등굣길에 남자의 차에 태워져 산 근처까지 간 게 아닌가, 경찰은 추정했습니다. 하지만 범인은 어떤 흔적도 남기지 않았습니다. 당시만 해도 외곽에 CCTV가 많이 설치되어 있지 않았습니다. 수사가 진행되는 동안 온갖 소문이 바지런한 발을 달고 전국을 휩쓸고 다녔습니다. 소문은 죽은 언니를 수천 수만 번 강간하고 더럽혔습니다. 언니의 같은 과 친구들이 증언했어요. "그 애하고는 커피 한 잔 마시기도 힘들었어요. 장학금에 목매고 공부만 했거든요. 남자 같은 건 먼발치에도 없었습니다." 언니의 주인집 아주머니도 증언했습니다. "그 학생은 얌전하고 공부만 하는 것 같았어요." 그래도 사람들은 수군댔습니다. "죽을 시간은 없어도 연애

할 시간은 있는 법이지." "사람을 겉 보고 어찌 알아." 사람을 겉 보고 어찌 아느냐는 그 말은 백 번 맞습니다. 하지만 언니는 겉과 속이 똑같았을 겁니다. 언니는 다만 우연의 피해자였을 거예요. 우연은 때로 운명보다 더 엄청난 힘을 발휘하지 않습니까. 우연의 힘에 밀려 일찍 스러져간 청년 하나를 저도 알고 있습니다. 언니도 그날 새벽 우연히 어떤 놈의 광기 어린 눈에 걸려든 것입니다. 그놈에겐 언니가 아닌 어떤 여자여도 좋았을 테니까요. 그건 운명이 아닙니다. 언니가 어떤 성폭력범에게 걸려 스러질 운명을 갖고 태어났다고 저는 생각하지 않습니다. 엄마는 눈물로 만들어진 사람인 듯 끝없이 울었어요. 애통함을 못 이겨 밭에 가는 동네 아저씨를 붙잡고도 울고 마당의 다정큼나무를 붙들고도 울고 지나가는 개를 끌어안고도 울었습니다. 쓰러지도록 우는 엄마를 보는 건 힘들었지만 눈물은 엄마의 방패였습니다. 그 모든 의혹의 시선과 모멸의 말을 이겨내기 위한. 끝내 범인은 잡히지 않았습니다. 저는 고등학교 2학년이었어요.

사건은 언니로 끝나지 않았습니다. 사람들 머릿속엔 어느새 우리 가족이 행실 나쁜, 놀아난 여자의 가족이 되어 있었습니다. 선생님들마저도 쉬쉬, 하며 저를 피하는 분위기에서 어렵게 고등학교를 졸업했습니다. 대학을 졸업했지만 고향에서는 취직을 할 수 없었습니다. 몇 년이 지났는데도 그랬어요. 설령 언니가 주홍글씨를 달고 죽었다 해도 잊힐 만한 시간이 지났고, 하물며 저는 당사자가 아니잖습니까. 범인도 못 잡고 우리 집만 갈가리 찢어놓은 경찰과 언론이 원망스러웠습니다. 고향에서 제 젊음이 삭아갔습니다. 눈앞이 뱅뱅 돌도록 니코틴을 폐 속 깊이 들이마시며 젊음을 학대했습니다. 보다 못한 오빠가 담배를 끊는 조건으로 제 서울행을 허락하게 되었지요.

그 사건을 검색해봤다. 불암산 여대생 살해사건으로 불리던 사건이다. 어떤 이유로 여대생이 산속에서 그토록 처참하게 죽었는지 사람들이 왈가왈부했던 것 같다. 필시 여자와 범인은 연인 사이였을 것이다, 그러니 산속까지 함께 올라간 게 아니겠는가. 아니다, 연인 사이라면 그렇게까지 참혹하게 죽일 순 없을 것이다. 아마 밤새 성충동에 시달리다가 새벽에 집을 나와 누군가를 찾아 헤매던 성폭력범의 눈에 여자가 걸려든 것일 게다. 남자가 여자를 어디선가 성폭행하고 죽여서 산에 업어다 놨을 게다. 이런 얘기들을 사람들과 떠들었을 것이다. 죽은 자는 말이 없고 범인은 잡히지 않았으니 사람들은 그야말로 소설을 써댔을 것이다. 모르는 사람의 일일 경우, 아무리 참담한 사건이라도 사람들은 구경꾼이 되고 만다. 안타까움은 잠시 입으로만 하고, 그 다음부터는 관음증에 빠져든다. 그리고는 곧 잊는다. 오래 기억할 수도 없다. 크나큰 다른 사건들이 계속 밀고 들어오니까. 하지만 그때 여대생이 이현아의 언니라는 걸 알았다면 가슴이 미어졌을 것이고 오랫동안 잠을 이루지 못했을 것이다. 안다는 건, 아주 작은 인연이라도 그런 것이다. 고등학교 2학년 때 언니를 그렇게 잃은 이현아가 밤새 머릿속에서 떠나지 않았다. 그녀의 말이 생각났다. '선생님, 전 무서워요, 남자들이. 아는 남자는 알아서 무섭고, 모르는 남자는 몰라서 무서워요.'

선생님, 이상한 일이 일어나고 있습니다. 요사이 아침에 일어나면 몸이 가뿐하고 상쾌합니다. 며칠 그러다 말겠지 했는데 웬일인지 그런 컨디션이 계속되고 있어요.

이곳 사람들도 경이롭다고 합니다. 더 이상 갈 곳 없어 이곳에 온 저니까요. 며칠 전에 엄마가 면회 왔었어요. 제 얼굴빛이 너무나 맑아졌다며 제가 다 낫기라도 한 듯 가벼운 발걸음으로 돌아갔습니다. 울지 않는 엄마를 본 게 얼마만인지 모르겠어요. 막내딸마저 잃게 된다면 엄마는 그 순간에 한 방울 눈물로 변해 세상에서 사라지고 말 것입니다. 선생님, 엄마를 위해서 이 춥고 어두운 계절을 잘 통과하고 싶습니다. 의사들의 예상과는 달리 제 상태가 돌연 역주행하고 있으니 그런 바람도 가져봅니다.

저는 오전에 소설을 몇 자씩 끼적거리고 있습니다. 선생님 수업 중에 제출했던 그 소설 뒷부분입니다. 오빠가 노트북을 갖다 주지 않아 볼펜으로 쓰자니 힘이 드네요. 오빠는 머리를 써야 하는 건 아무것도 하지 말라고 합니다. 책도 읽지 말라고. 여기서 장편소설을 완성하겠다는 건 아닙니다. 그럴 수 있다면 퇴원을 하겠지요. 그저 떠오르는 에피소드 몇 가지를 써보고 있을 뿐입니다. 그러다가 문득 마음이 바빠져 부랴부랴 에필로그를 먼저 완성했습니다. 제 몸이 언제 다시 곤두박질칠지 알 수 없으니까요. 선생님, 제 소설의 에필로그는 이렇습니다.

공항에서, 왜 하필 헬싱키 여행이냐고 남편은 또 물었다. 헬싱키 여행이 아니라 오로라 여행이라는 말을 나는 하지 않았다. 몇 달 전 TV에서 밤하늘에 초록빛 안개처럼 피어오르는 오로라를 봤을 때 나는 그 자리에서 헬싱키 여행을 계획했다. 오래 전 그날 내 몸속으로 퍼지던, 초록빛 잉크 같던 바로 그것, 그것을 찾았으므로.

그날 저녁 나는 버스 정류장에 서 있었다. 야간자율 학습을 다 마치지 못하고 조금 일찍 나왔다. 바람을 쐬고 서 있으니 두통이 한결 나아지는 듯했다. 버스 올 시간이 한참 남아 있었다. 떡볶이라도 먹고 갈까, 하는데 누가 어깨를 툭 건드렸다. 어? 사촌오빠였다. 군복 입은 그의 모습을 처음 봤다. 오빠는 군복을 입고도 사람을 설레게 했다. 나는 가슴이 떨려서 제대로 웃지도 못했다. 오빠는 말년 휴가 나오는 중이라고 했다. 오빠를 본 지가 언제인지 기억도 안 났다. 그가 광주로 대학 진학을 한 뒤로 명절에나 그를 볼까 말까했다. 그가 집에 잘 오지도 않았고, 온다 해도 우리 집에 들르지 않았다. 오빠에 대한 열망과 환상이 사라진 건 아니지만 중학생 때처럼 절절하지는 않왔다. 중학교 때는 온갖 문학작품 속의 비극적 주인공이 모두 나와 오빠였고, 친구들이 서태지와 아이들에 열광할 때도 내겐 오빠가 서태지였다. 그때는 오빠도 나를 좋아한다는 확신이 있었다. 상대 안하는 척하면서 근심어린 눈빛으로 설핏 나를 바라볼 때마다 나는 그렇게 느꼈다. 그건 분명히 '어쩌니, 우리…' 하는 뜻이 담겨 있는 눈빛이었다. 고등학교에 와서 내 마음이 조금 지치고 위축되긴 했다. 도무지 만날 수 없는 사람을 열망하는 건 그림 속의 인물을 사랑하는 거나 마찬가지였으니까.

오빠와 나는 어색하게 서 있었다. 무슨 말을 해야 할지 몰라 마주 보며 히죽 웃기나 했다. "고등학교에 가니 어때? 신학기라 재미없지?" "오빤 곧 제대하니 좋겠네. 4학년 복학해?" 하나마나한 얘기를 몇 마디 나누었다. 군화를 한참 내려다보고 있던 오빠가 말했다. "버스 안 오는데 우리 슬슬 걸어갈까?" "그럴까?" 우리는 어두워지는 길을 걷기 시작했다. 시골 밤길이라 차들도 없었다. 가끔 부엉이 소리가 들렸다. "넌 나를 왜 좋아했니?" 오빠가 과거형으로 훅, 치고 들어왔다. 나는 당황하여 숨을 멈췄다. 걸음도 멈췄다. 오빠, 난 지금도 좋아해. 현재진행형

이야, 하고 답하고 싶었지만 덜덜 떨리기만 했다. 오빠의 다감한 목소리, 허리를 꼿꼿이 펴고 걷는 모습, 근심어린 눈빛, 곱슬거리며 흘러내린 앞머리, 작고 흰 손, 정직한 마음. 큰엄마는 동네사람들에게 수도 없이 말했다. "우리 수민이 너무 착하고 정직해서 세상 살기 힘들 텐데 큰일 이야." 오빠를 좋아하는 이유는 차고도 넘쳤다. 우뚝 선 나를 보고 오빠가 웃었다. "설마 아직도, 수민오빠랑 결 혼할 텡께 두고 보랑께, 하고 생각하는 건 아니지?" 나는 고개를 세차게 흔들었다. 그걸 무슨 뜻으로 받아들였는지 오빠가 말했다. "그래. 네가 이제야 어른이 됐구나. 어서 가자." 오빠가 내 손을 잡았다. 어릴 땐 매일 잡아주던 손 이었다. "우리, 손 오랜만에 잡아본다, 그치?" "응." 정신 못 차리고 나대는 심장이 길바닥으로 튀어나올까봐 나는 한 손으로 왼쪽 가슴을 꾹 누르고 걸었다. 오빠가 내 손을 잡아 군복 바지 주머니에 집어넣었다. 오빠의 탄탄한 허 벅지 살이 손등에 느껴졌다. 목구멍이 뜨거워져 오빠가 뭐라 물어도 대답을 못 할 것 같았다. 다행히 오빠가 더 이 상 아무것도 묻지 않았다. 우리는 주머니에 손을 넣은 채 걸었다. 터질 듯 솟아오른 내 가슴이 가끔 수민오빠의 팔

154

에 닿았다. 그럴 때마다 오빠가 내 손을 잡은 손에 힘을 더 주었다. 나는 오빠의 팔에 슬쩍슬쩍 가슴을 더 밀착시켰다. 두 사람 손바닥이 축축했다. 사위가 캄캄했다. 지구 상에 우리 둘만 남겨 놓고 모든 것이 사라진 듯했다.

우리가 접어든 길은 이미 집으로 가는 방향이 아니었다. 나는 어디로 가느냐고 묻지 않았다. 겁이 나지도 않았다. 수민오빠가 옆에 있지 않은가. 오빠의 손은 어느새 내 허리를 꽉 감싸고 있었다. 흙길이 끝나며 불쑥 저수지의 둑이 나왔다. 언젠가 친구들과 와봤던 저수지였다. 저수지 옆에 가게가 하나 있었다. 낚시꾼들을 위한 가게 같았다. 우리는 가게 앞 평상에 앉았다. 가게의 불은 꺼져 있었다. "뭐 좀 먹을래?"하며 오빠가 가게의 문을 두드렸다. 안에서는 기척이 없었다. 더럭 겁이 났다. 내가 더럭 겁을 느낀 순간 오빠가 나를 평상에 쓰러뜨렸다. 교복 치마가 위로 걷어져 올라가 아랫도리가 서늘했다. 뒷일은 모르겠다. 나는 먼저 뛰어서 집으로 왔고 그는 저수지에 남아 있었다. 초록빛 잉크 같은 무엇이 몸속 어딘가에 확 퍼지던 순간이 있었다는 것만 또렷이 기억났다.

오빠의 시신이 저수지에서 발견된 건 이틀 뒤였다. 타

살의 가능성은 없어 보인다고 실족사인지 자살인지를 두고 수사하던 경찰은 실족사로 결론을 냈다. 말년 휴가를 나온 그가 왜 그곳에 갔는지는 의심스럽지만 자살할 이유가 없다는 것이었다. 군대생활에서 아무 문제가 없었고 게다가 전역을 며칠 앞두었고, 여자 문제도 없었다는 것이다.

오빠의 죽음에 나는 슬퍼하지 못했다. 미안함에 지질려 울음도 나오지 않았다. 오빠를 좋아해서 미안했고, 그날 버스 정류장에 서 있어서 미안했고, 혼자 살아남아 미안했다. 그날 오빠가 나를 우연히 만나지 않았다면 절대 일어나지 않았을 일이었다. 내가 가해자고 오빠가 피해자였다. 그동안 수민오빠와 나를 묶어 온갖 장면을 다 그려 보았으니 그런 날을 소망하지 않았다고 말할 수 없다. 하지만 오빠는 꿈에서도 그런 생각을 해보지 않았을 것이다. 나는 막내아들을 잃고 병원에 입원한 큰엄마를 찾아가지 못했다.

오빠가 내 비밀을 영원히 가지고 갔지만 하늘이 알고 저수지가 안다는 생각에 나는 평생 자유롭지 못했다. 큰엄마가 내 목을 틀어쥐러 오는 날이 반드시 올 것 같았다.

나는 쉰이 넘어 한 남자를 만났다. 근심어린 눈빛과 이마에 흘러내린 곱슬머리가 수민오빠와 닮은 남자였다. 어느 날 남편과 함께 TV를 보는데 대형 화면에 초록빛 잉크를 뿌려놓은 듯한 오로라가 하늘로 피어올랐다. 헬싱키의 밤하늘 오로라였다. 아, 그날 오빠가 내게 준 것이 바로 오로라였다. 오빠는 오로라를 선물하고 간 거였다. 오래도록 자기를 좋아한 내게 새벽을 선물한 거다. 어떤 어둠 속에서도 꿋꿋이 견디고 새벽을 맞으라고. '오로라'는 새벽이란 뜻이란다.

비행기가 이륙한다. 창밖은 깜깜하다. 비행기는 새벽을 향해 날아갈 것이다.

현아 씨, 올 겨울은 참 짧을 것 같네요. 금방 봄이 오고 다정큼나무의 꽃이 피기 시작할 거예요. 그 꽃이 피면 현아 씨 고향집으로 놀러 갈게요. 전에 어머니의 남도밥상을 받게 해준다고 해놓고는 집수리한다고 미뤘잖아요. 이제 소설은 쓰지 말고 온전히 몸이나 쓰담쓰담하면서 봄을 기다려요. 현아 씨 목구멍 너머에 오랫동안 숨겨져 있던 불덩이는 다 토한 것 같으니까. 참, 현아 씨 얘기는 내게

좋은 소설 소재가 되었어요. 아마도 그 소설에 매달려 이
겨울을 보낼 것 같아요. 잘 지내요.

봄에 흘리다

며느리는 또 상담센터에 다녀온 모양이다. 지금으로선 딱히 자폐 스펙트럼 장애라고 단정 짓기는 어렵다고 의사가 말하는데도 며느리는 아이를 데리고 여기저기 상담을 다닌다. 초조하고 절박한 어미 심정을 모를까마는 조금 기다리지 못하는 며느리가 나는 마뜩치 않다. 그렇다고 뭐라 할 수야 있는가. 초미세먼지를 잔뜩 들이마신 듯 가슴이 갑갑했다. 며느리의 전화를 끊고 휭하니 개천으로 나섰다. 걸음이 뛰다시피 빨라졌다. 며느리와 통화하느라 아침 산책이 늦어졌다. 개천으로 향하는 내 발길이 예전 같이 한가롭지 않다. 얼마 전 개천에서 흰뺨검둥오리 새끼들을 본 뒤로 그렇다.

이 동네로 이사 온 뒤 나는 오전 시간을 주로 개천에서 보내고 있다. 미세먼지가 '매우 나쁨' 상태만 아니면 물 한 병을 들고 나선다. 간밤의 불면으로 따가운 눈을 개천의 아침 물바람이 살랑살랑 씻어준다. 남편이 밤새 잠을 못 자고 뒤척이니 나도 잠을 설친다. '명동칼국수'가 나간 지 6개월쨌데 아직 가게가 비어 있다. 그 가게의 임대료는 남편과 나의 노후대책이다. 몇 년 성업을 이루어 임대료도 올렸는데 작년부터 장사가 안 된다고 월세를 밀리더니 아예 문을 닫고 나가 버렸다. 대학의 학생수가 줄어 가뜩 힘든데 최저임금 인상까지 겹쳐 종업원을 내보내고 두 내외가 감당하려니 골병이 들게 생겼다고, 그래서 폐업을 한다고 했다. 속이 타는 남편은 아침부터 종편을 크게 틀어놓는다. 그러니 종편에 나와 떠들어대는 패널들의 수다를 귀 아프게 들어야 한다. 정권이 바뀌면서 패널들도 싹 물갈이가 되었다. 지난 정부 시절 매일 출근하던 패널들은 모두 퇴출되었는지 하나도 보이지 않는다. 뭐 하나 잘하는 거 없는 정권의 논객들이 나와 억지소리를 하는 것도 듣기 싫었지만 요즘 젊은 패널들의 이 정권 감싸는 모습도 보기 싫다. '기회는 평등할 것이고, 과정은 공정할 것이고, 결과는 정의로울 것이다'라는 취임사가 믿음직스러워서 전 정부와의 차별을 기대했는데 지금으로선 점수를 주기 어렵겠다. 뭔가 너무 급하고 균형을 잃은 듯하다. 무리한 최저임금 인상으로 당장 내 생계까지 위협당하고 있지 않은가.

아무튼 나는 아침 시간이라도 조용하게 보내고 싶어 집을 나서게 되었다. 그리고 개천을 만났다. 파워 워킹이 아니라 느릿느릿한 산책을 위한 길이었다. 다리 밑 벤치에 게으르게 앉아 있으면 빈 상가 걱정도, 손자 걱정도 방귀처럼 몸 밖으로 스르르 빠져 나가는 게 느껴졌다. 나이를 먹으니 좋은 점도 많다. 이렇게 한가로운 시간이 오지 않았는가. 누구와도 경쟁하지 않아서 좋고, 못난 걸 감추지 않을 배짱이 생겨서 좋고, 가고 싶지 않은 자리에는 당당히 가지 않을 수 있어서 좋고, 만나고 싶지 않은 사람은 안 만날 수 있어서 좋고, 무엇보다 바쁘지 않아서 좋다. 내가 느릿느릿 걸으며 개천의 새들에게 밤새 안부를 묻고 산책로의 꽃들에게 아침 인사를 하는 동안 운동하는 사람들이 하나둘 나를 추월해 저만큼 가버린다. 아침 일찍 인근 산에서 내려온 동고비나 곤줄박이가 물가 버드나무 아래서 푸드덕거리며 세수하는 모습을 지켜보는 동안 또 다른 사람들이 나를 앞질러 간다. 이 길은 내게 그렇듯 한가로운 산책로였다. 사철 새들을 보며 걸을 수 있고, 가끔은 어디다 써먹을지 모르는 좋은 문장 몇 개를 주워 가지고 돌아오는 그런 산책로 말이다. 그날 아침, 새끼 흰뺨검둥오리들을 보기 전까지는 그랬다.

　이곳은 서울의 양재천처럼 정비되지는 않았다. 개천의 가장자리와 가운데에 잡풀이며 갈대, 부들 들이 우거져 여기저기 크고 작은 풀숲 섬이 생겨났다. 인공적인 개천이 아니어서 자연스럽기도 하고 갈대나 부들이 수질 정화를 한다니 좋은 점도 있으나, 흙이 쌓여 바닥이 점점 높아지고 무엇보다 물길이 자꾸 좁아진다. 가을엔 고만이와 여뀌가 번성한 잎과 꽃으로 물길을 온통 뒤덮어 개천인지 들판인지 모를 구간도 생긴다. 개천을 정비해 달라고 구청에 민원을 넣어도 들은 척도 않는다. 선거 때가 되면 상류 쪽을 정비하는 척하다 만다. 어쩌면 그래서 새들이 많은지도 모른다. 이곳의 새들은 주로 풀잎이나 풀씨를 따먹고 사니까.

이 개천의 터줏대감은 흰뺨검둥오리다. 원앙새처럼 예쁜 새는 아니다. 거무스레한 돌 위에 웅크리고 있으면 돌덩이 같아 보이고, 물가 마른 풀 더미에 앉아 있으면 검불처럼 보이는 약간 툽상스러운 새다. 움직이지 않으면 새인 줄 모를 때가 있다. 짙은 흑갈색 얼룩 몸통에, 눈에 뜨이는 것은 선명한 오렌지색 다리와 발가락이다. 오렌지색이 너무 강렬해서 플라스틱 다리와 물갈퀴를 붙여놓은 것 같다. 개체 수가 많아졌다 적어졌다 할 뿐, 이 개천에는 어느 계절에도 흰뺨검둥오리들이 있다.

이 개천에서 사계절 사람들을 반겨주는 또 다른 새는 흰 오리다. 어느 해인가 천변 아파트 주민이 흰 오리 새끼 두 마리를 이곳에 풀어놓았다. 놈들은 무럭무럭 자라 성년이 되더니 홀연 개천에서 사라졌다. 이 개천에 다니는 사람들은 오리가 놀던 자리에 서서 서로서로에게 오리 소식을 묻곤 했다. 죽었다는 소리도 있고 오리고깃집에서 잡았다는 소문도 돌았다. 한참 만에 다섯 마리가 된 흰 오리들이 돌아왔다. 새끼를 낳아서 온 거라고 누군가가 말했다. 다들 몸집이 커서 녀석들의 새끼인지 아닌지 알 수는 없었다. 그 뒤로 새끼 오리는 본 적이 없는데 부쩍부쩍 식구들이 늘어났다. 흰 오리는 열두 마리가 되었다. 녀석들은 주로 내가 다니는 산책로 초입의 물이 많이 고인 곳에서 놀았다. 덩치 큰 오리 열두 마리가 물 위에 떠다니며 꽥꽥!! 합창하면, 운동 나온 사람들뿐 아니라 개천의 모든 생물들이 함께 힘찬 생명력을 얻는 것 같았다. 그런데 잘 놀던 녀석들이 어느 날 7 : 5로 갈라섰다. 무슨 내분이 있었던 걸까. 다리를 사이에 두고 한 무리는 위쪽에, 한 무리는 아래쪽에 터를 잡았다. 금세 다시 합치겠지, 했는데 2년이 지나도록 그러고 있다. 그들에게 무슨 일이 있었기에 촛불과 태극기처럼 합치질 못할까. 정말로 촛불과 태극기가 화합하는 날은 오지 않을까. 아, 촛불과 태극기가 만나면 불이 나겠구나. 불이 나서 양쪽이 다 타버리겠구나. 그러면 아무것도 없는 그 자리에서 새로운 가치가 탄생하겠구나. 불에 탄 숲에서 새싹이 고개를 내밀 듯. 나는 더러 허튼 생각을 한다. 그 사이에 오리들의 숫자가 줄었다. 5 : 4가 되었다. 몇 놈이 무리에서 탈출하여 어디로 가버린 건지 죽은 건지는 모른다. 그들의 깜짝 선물이나 이벤트를 기대하면서 아침마다 개천에 나가지만 아직까지 5 : 4에 흐트러짐이 없다. 그들 중 다리 너머를 바라보며 애태우는 커플은 없을까, 객쩍게 그런 걱정도 해본다.

개천이 가장 북적대는 때는 겨울이다. 겨울에는 어디
선가 많은 흰뺨검둥오리들이 무리를 지어 날아온다. 그놈
들은 이곳의 텃새들과 섞여 겨울을 난다. 겨울철새인 청
둥오리와 쇠오리 들도 11월이 되면 암수 짝을 지어 여러
마리가 이곳에 날아든다. 이렇게 새들이 많이 찾아오니
날씨가 추워도 겨울 개천은 풍성하고 활력이 넘친다. 개
천이 꽁꽁 언 때는 오리들이 안 보인다. 개천 가 마른 풀
숲 둥지 속에 몸을 숨기나 보다. 날씨가 조금 풀려 얼음이
녹은 날은 개천 아래서부터 상류에까지 여기저기 무리지
어 노는 오리들을 볼 수 있다. 내가 한참을 바라다보고 있
으면 청둥오리 한 놈이 꽥! 하고 소리치며 높이 날아오른
다. 구경꾼이 귀찮은 모양이다. 그러면 몇 놈이 따라서 날
아 함께 다른 곳으로 이동한다. 흰뺨검둥오리 한 놈이 꽥!
하고 자맥질을 하면 옆에 있던 놈도 급히 자맥질을 한다.
한 놈이 한 놈의 옆구리를 툭 치면 둘이 마주보다가 얼른
어디론가 함께 헤엄쳐 달아나기도 한다. 그들에게도 소리
언어가 있고 몸짓 언어가 있다.

봄이 오면 개천이 황량하고 휑해진다. 얼음장이 다 녹

고 맑은 물이 흐르건만 봄의 개천은 쓸쓸하다. 청둥오리
와 쇠오리 들이 소문도 없이 스리슬쩍 떠나고, 어디선가
날아들었던 흰뺨검둥오리 무리도 저희 고향으로 가버리
니 그렇다. 이곳의 터줏대감인 흰뺨검둥오리들과 흰 오리
들만 남는다. 이 시기에 흰뺨검둥오리들은 둘씩 짝을 지
어 새봄의 청정한 물에 들어가 유유히 떠다니거나, 정박
한 배처럼 한곳에 가만히 몸을 담그고 휴식하기도 한다.

　그날 아침에도 개천은 적막했다. 아직 봄바람이 차서
그런지 운동 나온 사람들도 별로 보이지 않았다. 5 : 4의
흰 오리들과 흰뺨검둥오리 서너 마리가 초입에 보일 뿐이
었다. 뭣 때문에 합치지 못하는 거냐고 흰 오리들에게 한
참 묻고는 천천히 상류로 올라가는데, 몸이 유난히 커 보
이는 흰뺨검둥오리 한 마리가 개울가의 풀숲에서 나와 개
울을 가로지르는 것이 멀리에서 보였다. 그곳은 크고 넓
적한 돌들을 돌아 깔아, 인공으로 폭포를 만들어 놓은 곳
이다. 물이 많은 여름에는 제법 그럴싸한 폭포 소리가 난
다. 그런데 개울을 가로지르며 걷는 오리가 좀 이상했다.
꽁지에 뭔가가 매달려 있는 것처럼 보였다. 거무스레한
줄이 기다랗게 매달려 있는 것 같았다고 할까. 뭐지? 하며

부지런히 다가갔다. 한데 이게 웬일! 참새 새끼만 한 새끼 일곱 마리가 일렬로 줄을 서서 어미 뒤를 쫄랑쫄랑 따르고 있는 게 아닌가. 오래 훈련 받은 군인들처럼 반듯하게 줄을 맞춰서. 줄에서 이탈하면 죽는다는 듯이 꼬리에 꼬리를 물고. 그들을 보는 순간 아, 어떡하지? 하는 탄식이 내 입에서 터져 나왔다. 어째서 그런 탄식이 터져 나왔는지 모르겠다. 새끼 일곱 마리를 턱하니 낳아 세상에 데리고 나온 어미 흰뺨검둥오리가 대견해서 그랬는지, 이 개울에서 험난한 시간을 살아내야 할 새끼들에 대한 연민과 안쓰러움으로 그랬는지 알 수는 없다. 나는 휴대폰 카메라 속에 흰뺨검둥오리 가족의 탄생을 동영상으로 담았다. 감격과 연민과 안쓰러움을 함께 담았다.

새끼들을 보고 있으니 지난달 어느 날이 번뜩 떠올랐다. 그 아침, 짝짓기하고 있는 흰뺨검둥오리 한 쌍을 봤다. 이 길을 오래 다녔지만 새들이 짝짓기하는 것을 본 적이 없었다. 나는 다리 위에서 그들의 사랑을 훔쳐보았다. 그들은 사랑의 장소로 물이 많지 않은 곳을 택했다. 서둘러 등에 올라탄 수놈의 무게에 눌려 암놈의 몸은 완전히 물속에 잠겨 있었다. 목을 길게 물 위로 뺀 암놈은 수놈

밑에 잠시 깔려 있더니 수놈을 등에 얹은 채 슬금슬금 헤엄쳐 앞으로 나아갔다. 그러더니 신경질적으로 몸을 털어 수놈을 물속으로 떨어뜨렸다. 수놈은 멋쩍은 듯 고개를 쑥 빼고 휙휙 헤엄쳐 아래로 내려갔다. 22일 정도 알을 품으면 부화한다니까, 일곱 마리 새끼들은 그날 잉태된 게 틀림없었다. 나는 그들 출생의 산증인인 것이다. 생각이 그에 미치자 녀석들이 내 자식이나 되는 듯 더 애달프고 각별하게 여겨졌다. 어미는 그날 처음으로 새끼들을 데리고 삶의 현장에 나왔는지도 모르겠다. 어미는 새끼들에게 이 개천에서 살아가는 법을 가르치리라. 작은 곤충을 잡아먹고 새싹이나 풀씨를 따먹는 법, 억수장마를 견뎌내는 법, 거센 물살에 적응하는 법, 모진 추위를 이겨내는 법, 조류독감에 감염되지 않는 법, 뱀에 물리지 않는 법도 가르치리라. 여기 산책로에는 '이곳은 뱀의 출몰지입니다'라는 푯말이 세 군데나 박혀 있다. 푯말이 서 있는 바로 그곳에서 짙은 갈색 뱀이 구불거리며 기어 나와 개천으로 들어가는 걸 내 눈으로 봤으니 이 개천에는 틀림없이 뱀이 산다. 뱀은 새끼 오리들을 노릴 것이다.

참 이상한 일이다. 그동안 이 개천에서 흰뺨검둥오리

들이 해마다 번식했을 텐데 어째서 한 번도 새끼 오리들을 보지 못했을까. 아니, 그들이 왜 새끼를 낳지 않을까, 하는 생각조차도 한번 안 해봤을까. 나름대로 자주 개천을 걸었고 열심히 새들을 관찰했다고 자부했는데. 이 개천에 대해 나만큼 아는 사람 있으면 나와 보라 해! 하고 남편에게 큰소리도 쳤었는데. 어쩌다 남편을 끌고 개천에 나가면 흰 오리들의 내분에 대해 알려주고, 쇠오리 청둥오리 흰뺨검둥오리를 구별하여 이름을 가르쳐주며 잘난 척을 했었는데. 나는 이 개천에서 이루어지고 있는 은밀한 탄생에 대해서는 전혀 알지 못했던 거다. 봄날, 풀숲 어딘가에 두근대며 여러 생명을 품고 있는 어미가 있다는 걸 짐작도 못했던 거다. 내가 이 개천에 다니는 동안 흰뺨검둥오리들이 태어나고, 늙고, 병들고, 죽고 했을 텐데 개체가 많으니 그런 생각은 하지 못했다. 생로병사의 순환이 있어 그들이 늘 그만큼의 숫자를 유지하고 있었던 건데, 아무 생각 없이 눈앞에 있는 놈들만 보고 다녔던 거다. 그동안의 나는 헛것이었다.

물이 폭포가 되어 떨어지는 지점으로 어미가 걸어가자, 새끼들도 어미 뒤를 바짝 따랐다. 하지만 새끼들은 흐르는 물살에 휩쓸려 작은 돌멩이들처럼 맥없이 폭포 아래로 굴러 떨어졌다. 새끼들은 다시 폭포 위로 올라가려 버둥거렸지만 물살에 떠밀려 번번이 굴러 떨어졌다. 새끼들은 폭포 아래에서 허둥댔다. 어미에게서 떨어질까 봐 당황하는 것 같았다. 어미가 얼른 아래로 내려가 폭포 위로 올라가는 시범을 보였다. 새끼들이 어미를 따라해 보지만 물살을 이겨내지 못했다. 어미는 아래로 내려와 새끼들을 개울의 가장자리로 몰았다. 어미는 폭포 위로 오르는 걸 포기하고 물이 잔잔한 곳에서 새끼들을 놀게 했다. 앞으로 어미가 새끼들을 데리고 가는 길에는 많은 장애물이 있을 것이다. 작은 돌, 큰 돌, 바윗덩이. 무엇보다 비 온 뒤 바위에 부딪쳐 흐르는 급류. 병아리처럼 몽실몽실한 몸으로 그 장애물들을 무사히 헤치고 나아갈 수 있을까. 물속의 모든 것이 신기하다는 듯 새끼들은 줄을 지어 어미를 따라 이리저리 헤엄쳐 다녔다. 고물고물 헤엄치는 흰뺨검둥오리 새끼들을 보니 갓 태어났을 때의 손자 모습이 생각났다. 2.5킬로그램으로 태어난 손자도 고물고물했었다. 만지기도 겁이 날 만큼 작고 애처로웠다. 아들이 결혼한 지 오 년 만에 얻은 아기다. 며느리는 결혼 첫 해에 첫 아이를 유산했다. 며느리는 관광통역사였는데 외국 관광객들과 함께 며칠 경주에 다녀온 것이 몸에 무리가 되었던가 보다. 며느리가 임신하자마자 아들이 퇴직하라고 했으나, 어렵게 한 취업이니 조심하면서 버틸 수 있을 때까지 버텨본다고 하더니 그렇게 되었다. 며느리는 오랫동안 자책하며 마음고생을 했다. 간절한 기도 끝에 아들 내외에게 아기가 다시 왔다. 그 아기를 처음 보았을 때의 내마음이 꼭 오늘 같았다. 그 작은 몸으로 세상을 향한 문을 맹렬히 뚫고 나온 아기가 놀랍고 대견하고 벅차면서도 저미도록 가슴이 아팠다.

흰뺨검둥오리 새끼들을 보고 온 그 밤에 세찬 봄비가 내렸다. 빗줄기가 채찍으로 때리듯 밤새 유리창을 때렸다. 나는 뒤척였다. 거센 빗줄기에 새끼들이 다 떠내려갈 것만 같았다. 어미가 풀숲 둥지에 안전하게 숨겼을 거라고 남편은 말했지만 나는 잠을 이룰 수 없었다. 이튿날 새벽 눈을 뜨자마자 개천으로 달려갔다. 아직도 비가 오고 있었다. 간밤 같은 비는 아니었다. 운동 나온 사람이 아무도 없었다. 나도 우산 쓰고 천변에 나가기는 처음이었다. 산책로가 끝나는 상류까지 걷는 내 걸음은 조급했다. 하지만 내 걸음을 멈추게 하는 일은 일어나지 않았다. 두 무리의 흰 오리들만 서로에게 몸을 붙인 채 풀숲에 올라앉아 있을 뿐, 흰뺨검둥오리는 한 마리도 보이지 않았다. 간밤의 비에 물이 불어 콸콸 흐르는 물소리가 계곡의 물소리 같았다. 새끼들이 저 물살에 휩쓸려 어딘가로 떠내려간 게 분명해 보였다. 평상시 다니던 산책로를 훨씬 지나 하류까지 더 내려가 보았다. 그곳에서도 새끼 오리들을 볼 수 없었다.

그 뒤 일주일 동안 눈만 뜨면 개천으로 내달렸다. 그 길은 이미 예전의 한가롭던 산책로가 아니었다. 그 길을 달리는 내 마음은 두근두근 요동쳤다. 요동치는 내 마음을 아랑곳없이 일곱 마리 새끼들을 거느린 어미 흰뺨검둥오리는 보이지 않았다. 제발 어미가 새끼들을 데리고 물결 따라 더 아래로 내려간 것이면 좋겠다. 변을 당한 것만 아니면 고맙겠다. 나는 놈들을 처음 발견했던 장소에서 한참씩 머무르곤 했다. 떨어지는 폭포 물을 물끄러미 바라보고 서 있으면 금방이라도 일곱 마리 새끼들을 나란히 줄 세운 어미 흰뺨검둥오리가 풀숲에서 위풍당당행진곡을 허밍하며 씩씩하게 걸어 나올 것 같았다.

나는 손자 지민이가 이 길을 위풍당당하게 걸을 날을 고대하고 있다. 지민이와 함께 이 길을 걸으며 새들과 이야기할 날을 기다린다. 지민이는 네 살이다. 작게 태어나서 그런지 발육이 유난히 더디다. 아직도 곡예하듯 몇 걸음씩 발을 떼는 정도다. 걸음만 늦는 게 아니라 말도 늦다. 몇 개의 단어를 겨우 입 밖에 뱉어낸다. 밥풀을 뱉어내듯 마마! 빠빠! 를 입 밖으로 내쏜다. 또래들과 어울리면 말문이 빨리 트인다고 해서 어린이집에 보냈는데 아직 효과가 없다. 처음엔 단지 늦되는 아이라고 생각했던 아들 내외가 요즘은 자폐일까 애를 태우고 있다. 시기를 놓치면 치료가 어렵다고 아이를 데리고 이곳저곳 병원에도 다녔다. 아기 때 옹알이를 했고 눈 맞춤을 하는 지민이는 자폐 스펙트럼 장애가 아닌 것 같다고 의사가 말했다. 자폐아는 눈 맞춤을 못한다고 한다. 상대방 눈을 지나쳐 멀리 다른 곳을 본다고. 지민이는 말은 못해도 눈빛을 교환할 줄 안다. 뭔가 할 말이 많은 눈빛을 내게 주기도 한다. 옹알이나 눈 맞춤을 하고 정상적으로 발달하다가 퇴행하는 경우도 있다고는 한다. 지민이에게 자폐증으로 볼 징후들이 없는 건 아니다. 일단은 언어 발달이 너무

늦다. 낯가림이 거의 없고 표정이 좀 무심하다고 할까. 그래도 감정 표현이 없지는 않다. 싫은 건 표현을 잘 안 해도 좋다는 표현은 많이 한다. 제 부모와 하는 신체적 접촉도 별로 좋아하지 않는다. 품에 안으면 버둥거리며 달아나려 한다. 하지만 그런 건 아이의 타고난 성격 아닐까. 아들 내외에게 나는 천천히 지켜보자고 한다. 길가에 나란히 늘어선 가로수들 중에도 늦되는 나무들이 있지 않은가. 다른 나무들은 모두 새싹을 틔워 연록색인데 홀로 한겨울인 것처럼 시커멓게 서 있는 나무. 하지만 어느 날 보면 그 나무에도 어느새 연둣빛 새 잎이 돋아나 반짝인다. 우리 지민이도 하고 싶은 말이 많아지면 봇물 터지듯 저절로 입 밖으로 말들이 튀어 나올 거다. 다리에 힘이 생겨 그 힘을 주체 못하면 스스로 마냥 뛸 것이다. 지민이가 제 어미 손을 뿌리치고 이 개천 길을 혼자 내달리는 날이 곧 올 거다.

쇠백로가 깃을 활짝 펴고 날아와 작은 돌 위에 오똑 선다. 새끼 오리들을 만나지 못해 상심한 나를 위로하려는 듯하다. 쇠백로는 다른 백로에 비해 몸이 아주 작다. 긴 목을 제외하면 몸통은 한줌이다. 깃털은 온통 새하얗고

부리와 다리는 검고 발가락은 노란색이다. 여름에는 뒷목에 두 가닥의 길고 흰 장식깃이 있다. 보통 무리지어 산다는데 이곳의 쇠백로는 혼자다. 무리에 적응을 못해 낙오되었거나 혼자 있는 걸 좋아하는 녀석임에 틀림없다. 처음에는 여름마다 찾아왔다. 이름표를 달지 않았으니 해마다 같은 놈이 오는지 알 길은 없었지만 나는 매년 같은 놈이 온다고 믿었다. 한 놈이 지난해에 왔던 기억을 되짚어오고 또 오는 거라고. 이곳은 놈에게 뭔가 특별한 장소인 게 틀림없다고. 그 많은 호수와 강과 개천을 놔두고 유독이곳을 찾아 매년 혼자 오는 것은 나름대로 이유가 있을거라고 나는 생각했다. 그러던 놈이 어느 해부터인지 날이 추워져도 이곳을 떠나지 않았다. 겨울을 이곳에서 났다. 부러질 것 같은 가는 다리로 꽁꽁 얼어붙은 개천에서홀로 서성이는 걸 보면 마음이 시려 발길이 떨어지지 않았다. 나는 오래도록 녀석의 친구가 되어 개천가에 서 있곤 했다. 녀석은 은근슬쩍 이곳의 텃새가 되었다. 산책객이 없는 여름 한낮, 개울도 흐르기를 멈추고 싶은 듯 나른하게 흐르는 시간, 쇠백로는 젓가락 같은 한쪽 다리로 돌멩이 위에 서서 망연히 허공을 쳐다보곤 한다. 녀석의 시선이 닿은 그 허공은 윙, 소리가 날 만큼 적막하다. 녀석이 바라보는 곳은 부모 형제들이 사는 고향일까. 어디서부터 이곳을 향해 날아왔을까. 무엇에 홀려, 무엇에 미련이 있어, 특별하지도 않은 이 개울을 못 떠나는 걸까.

이곳에 때때로 해오라기가 날아오기도 한다. 날개가 짙은 잿빛이며 다리가 짧고 몸이 뚱뚱한 해오라기에게는 왜 그런지 마음이 가지 않는다. 해오라기, 라는 이름만 좋아하기로 한다. 해오라기와 쇠백로는 왜가리과로 친척간이지만 서로에게 접근하지 않는다. 멀찍이서 섬서하게 서로 관찰만 한다. 쇠백로는 오히려 흰뺨검둥오리들이 무리 지어 노는 곳을 자주 기웃거린다. 척삭동물이라는 것 외에는 공통점이 없으니 함께 놀 엄두가 나지 않는지 오리 무리에 합류하지는 않는다. 적당히 떨어져 구경만 한다. 무리도, 짝도 없이 홀로 사는 쇠백로에게 나는 마음을 읽는다. 쇠백로와 개는 멀어도 너무 먼 촌수인데 나는 녀석한테서 가온이를 느낀다. 멀찍이 떨어져 앉아 고적한 눈빛으로 나를 바라보는 걸 좋아하던, 새하얀 털의 작은 가온이가 쇠백로와 닮아서 그러는 걸까. 가온이가 또 사무치게 그립다.

"마음의 준비가 되시면 가온이를 주세요." 의사가 가온이의 등을 한번 쓰다듬고 진료실로 들어갔다. 나는 대기실에서 얼마를 보냈을까. 가온이의 뜨거운 신음소리는 점점 커지는데 나는 가온이를 내줄 수가 없었다. "아마 곧 걷지도 못하고 입안이 다 헐고 혀가 말려 짧아질 거예요. 엄청 고통스러울 텐데, 그렇게 되면 안락사 시키는 것도 생각해 보세요." 하던 의사의 말대로 병원에 오긴 했는데. 300그램의, 하얀 털실 뭉치 같은 몸으로 우리 집에 와서 내가 벗어놓은 실내화 속을 제 잠자리로 여기던 녀석. 우리 집의 중심이 되어 가온이라고 이름 붙은 녀석. 십오 년을 특별히 나를 의지하고 내게 제 마음의 끝까지 다 털어서 준 녀석. 사는 게 억울하고 힘들 때마다 녀석을 안고 울었으니 남편이나 아들이 모르는 것도 다 알고 있었을 녀석. 남편과 산에 갈 때 가온이를 데려가곤 했는데, 녀석은 남편과 함께 앞서 올라가면서도 신경은 온통 내게 뻗쳐 있었다. 연신 뒤를 돌아다보며 내가 따라오는지 확인했다. 내가 좀 처진다 싶으면 산길을 도로 내려와 영차영차, 나랑 함께 올라가줬다. 산모퉁이 길에서는 어김없이 서서 나를 기다렸다.

마침내 가온이를 의사 손에 넘겨주었다. "마취한 상태에서 주사를 놓아 자는 듯 편히 갈 거예요. 이 상태로는 오늘을 못 넘겨요. 너무 마음 아파하지 마세요." 의사가 위로했다. 가온이는 곤히 잠든 듯 천진한 얼굴로 갔다.

가온이를 보내고 난 뒤 남편과 나는 한동안 녀석의 얘기를 꺼내지 못했다. 남편도 나처럼, 안락사 시킨 것을 죄스러워하는 것 같았다. 그날은 고통스러워하는 녀석을 더 볼 수가 없어 그런 선택을 했지만 시간이 지날수록 씻을 수 없는 죄를 지었다는 생각이 들었다. 가온이는 천국 갔을 거야, 하면서 잊으려 해도 미안함과 죄스러움이 가시지를 않았다. 자식 같았던 가온이의 숨통을 미리 끊다니. 우리가 무슨 자격으로 한 생명의 목숨을 마음대로 단축시켰을까. 고통스러워도 제 명대로 살다가 가게 할 것을. 우리가 그런 짓을 하지 않았다면 가온이가 기적적으로 다시 살아났을지도 모르는데. 나는 가온이를 화장했지만 유골을 선뜻 묻지 못했다.

나는 가끔 가온이의 유골이 든 종이 상자를 들고 개천 길을 걸었다. 발걸음을 뗄 때마다 가온이와의 추억이 어제 일처럼 돋아났다. 가온이는 물속에 있는 새들에게는 관심이 없었다. 가온이는 나무와 꽃을 좋아했다. 산에서는 나를 챙기는 틈틈이 온갖 나무의 냄새를 다 맡아보며 걸었고, 개천에 나오면 길가에 핀 모든 꽃의 냄새를 다 맡으며 걸었다. 분홍색 오리엔탈백합의 향기를 충분히 맡은 다음 한 바퀴 뱅그르르 돌고 옆에 있는 메리골드나 개양귀비로 다가가는 식이었다. 이렇게 작약, 분꽃, 봉선화, 채송화, 백일홍, 망초, 구절초, 쑥부쟁이의 냄새를 다 맡고 녀석이 흡족해할 때까지 나는 녀석의 목줄을 느슨히 잡고 한없이 기다려야 했다. 그러니 가온이와 함께 나오는 날은 산책시간이 길어지고 산만했다. 새들과 인사할 시간도 없었다. 그런 이유로 가온이를 개울에 자주 데리고 나오지 않았다. 나보다 먼저 현관에 나와 뱅글뱅글 도는 녀석을 떼어놓고 다닌 게 미안하여 유골이라도 데리고 나와 걷는 것이었다.

가온이 죽고 이주일 지나 지민이가 왔다. "멈!" 지민이가 현관에서부터 멍멍이를 불렀다. 오자마자 가온이를 찾은 건 처음 있는 일이었다. 생전 처음 보는 존재를 만나듯 늘 깜짝 놀라며 가온이를 대하곤 했었는데, 그동안 지민이 머릿속에 가온이가 입력되었나 보다. 영리한 가온이는 지민이가 자기의 경쟁 상대가 아니라는 걸 금방 알아차렸다. 그리고는 지민이에게 장난을 걸었다. 지민이에게 살며시 다가가 혀로 지민이의 입을 슥 핥았다. 지민이는 놀라 자지러지게 울면서 제 엄마에게 기어갔다가 다시 기어와 가온이의 꼬리를 살짝 만져보곤 했다. 지민이는 가온이의 짧은 꼬리에 흥미를 느끼는 듯했다. 아들 내외가 집에 자주 오는 건 지민이가 가온이와 있을 때 감정 표현을 많이 한다는 이유가 컸다. "멈 쪼아, 멈멈 쪼아." 하면서 새로운 말을 하려는 노력이 보인다는 것도 우리 집에 오는 이유였다. 가온이가 죽었다는 것을 지민이에게 아직 알려주지 못했다고 아들이 말했다. 지민이가 가온이의 집이 있던 방으로 뒤뚱거리며 걸어갔다. 가온이도, 가온이의 집도 없는 걸 확인하고는 다시 거실로 나왔다. 가온이 죽은 뒤 나는 녀석 물건들을 하나하나 없앴다. 이 세상에서 십오 년 살았다고, 한 인간이 죽은 것만큼이나 없앨 물건이 많았다. 책이 한 권도 없다는 것이 인간의 죽음과 달랐다고 할까. 집이며 이불과 담요들, 사료와 간식, 밥그릇과 물그릇, 계절별 옷가지와 샴푸, 칫솔과 치약, 가글액과 귀청소약, 장난감과 신발 따위들을 버렸다. 하지만 소파에서 가온이가 항상 올라앉던 빨간색 쿠션과 시에서 발급해준 동물등록증만은 버리지 못했다. 애가 타도록 그리울 땐 쿠션에 코를 박고 코리코리한 가온이 냄새라도 맡아야할 것 같아서 그랬고, 소유주에 내 이름이 쓰여 있는 동물등록증은 2003년생 흰색 푸들 가온이가 한때 이 세상에 와서 나와 함께 살았다는 확실한 증명이었기에 그랬다. 지민이는 고꾸라질 것 같은 걸음으로 주방에도 가보고 안방에도 가보더니 내게 왔다. 가온이를 못 찾아 당황하는 기색이었다. 나는 얼른 지민이를 안았다. "지민아, 멍멍이 보고 싶어?" 지민이가 고개를 끄덕거렸다. "근데 어쩌지? 멍멍이가 많이 아야야 해서 멀리 갔는데…." 지민이에게서 아무 소리가 없었다. 그 뒤로 아들네 식구들의 발길이 뜸해졌다. 며느리의 상담 회수가 잦아지는 듯했다.

사흘이 지났다. 그날도 지짐지짐 비가 내렸다. 우산을 쓰고 부리나케 개천으로 갔다. 자주 내린 봄비로 개천에는 물이 넘쳐흘렀다. 유속이 빨라 물소리가 우렁찼다. 설악산 계곡에라도 온 듯했다. 산책로의 중간쯤에서 마침내 흰뺨검둥오리 가족을 만났다. 새끼 일곱 마리가 모두 살아 있었다. 내 심장이 뜨겁게 펌프질을 했다. 에구에구 장하다, 어미야. 거친 빗발 속에서도 새끼들을 다 잘 지켰구나. 네가 나보다 낫다. 나는 태어난 지 40일 된 아이를 지켜내지 못했는데. 어미는 새끼들을 데리고 상류로 이동하는 중이었다. 나는 우산을 길에 던져놓고 흰뺨검둥오리 가족의 험난한 여행길을 따라가며 동영상을 찍기 시작했다. 어미는 우중에 기어이 거센 물살을 거스르며 새끼들을 상류로 이끌고 있었다. 힘들었을 텐데 꽤 많이 올라왔다. 넘실거리는 물살을 타고 하류로 내려가면 수월할 텐데 어미는 새끼들에게 혹독한 훈련을 시키고 있었다. 거친 물살이 큰 바위에 부딪쳐 물보라가 크게 이는 곳에서 새끼 두 마리가 아래 웅덩이로 떨어졌다. 다섯 마리는 어미를 따라 바위를 타고 넘었지만 두 마리가 넘지 못한 것이다. 두 놈은 물결 따라 뱅글뱅글 돌며 아래로 떠내려갔다. 그러자 어미가 몸을 날려 아래로 내려왔다. 나머지 새끼들도 줄줄이 어미를 따라 물결을 타고 내려왔다. 어미는 둘레둘레 살피더니 개울가의 우거진 풀숲으로 걸어 올라갔다. 새끼들이 줄지어 따라 올라갔다. 상류를 향해 풀숲을 걷던 어미가 물살이 잔잔한 곳에서 다시 물속으로 뛰어내렸다. 새끼들도 모두 어미를 따라 했다. 물살이 거

세거나 장애물이 있는 곳에서는 우회해야 한다는 걸 어미는 가르치고 있었다. 머리 나쁜 사람을 가리켜 '새대가리'라고 하는 걸 질색하던 새 박사가 떠올랐다. 우회할 줄을 아는 새는 절대로 새대가리가 아니었다. 동영상은 15분짜리 자연다큐가 되었다.

이틀 뒤 지민이를 데리고 개천에 나갔다. 마침 며느리가 지민이를 데리고 왔다. 어린이집에 안 가려고 해서 안 보냈단다. 나는 드디어 열망하던 일을 하게 되었다. 그동안 아이와 함께 개천 길 걸을 날을 얼마나 고대했던가. 며느리와 함께 지민이를 유모차에 태워 개천으로 나갔다. 유모차에서 내려놓자 지민이는 뒤뚱거리며 개천 가로 다가갔다. 흰 오리들을 손가락으로 가리키며 웃었다. "지민아, 참 예쁘지? 오리야." 제 어미의 말에 "오이?" 했다. "그래, 오리야." "오이! 오이!" 지민이가 따라했다. "어머니, 지민이가 오리 발음을 해요." 며느리가 얼굴을 환하게 펴며 좋아했다. 지민이의 위태로운 걸음에 가슴을 졸이는 며느리는 지민이를 자꾸 유모차에 태우려 했다. 지민이는 유모차에 탔다 내렸다를 반복했다. 흰뺨검둥오리들을 보자 지민이가 유모차에서 내리려고 했다. 나는 얼른 내려주고 "지민아, 쟤들도 오리야. 검둥오리야. 예쁘지?" 했다. 지민이는 박수를 쳤다. "어머니, 지민이가 오리 좋아하네요." "애들은 동물 좋아하잖아. 그러니 가온이도 좋아했지." 며느리와 지민이를 데리고 어느새 산책로가 끝나는 곳까지 갔다. 거기서 흰뺨검둥오리 가족을 다시 만났다. 그곳에 제법 넓고 깊은 소가 있었다. 고인 물이니 떠내려갈 염려가 없었다. 여덟 마리가 한가롭게 노닐고 있었다. 그동안 새끼들이 좀 자랐다. 동그랗던 몸이 약간 길쭉해졌다. "어머나, 오리가 새끼 낳았네요." "그래. 나 저애들 동영상 찍어야 돼." 나는 또 동영상을 찍기 시작했다. 새끼 오리들을 보며 지민이가 "아야! 아야!" 소리를 질렀다. 며느리가 웃었다. "지민이가 아기를 아야라고 해요." "그래? 아긴 줄을 아는구나." "지민이가 이렇게 행복해하는 거 처음 봐요, 어머니." 며느리의 그렇게 행복한 얼굴도 오랜만에 봤다. "다행이야. 아기 오리 보니 좋은가 보다." 아야, 아야! 하며 박수를 치는 지민이도 동영상에 찍혔다. 놈들은 개울가로 다니며 풀씨를 뜯어먹기도 하고 유유히 헤엄을 치기도 했다. 그런데 잘 놀던 새끼 한 마리가 갑자기 무슨 소리를 들었는지 뒤돌아서 어딘가를 향해 급히 달렸다. 다른 새끼들도 놀던 걸 멈추고 일렬로 줄을 맞춰 그 뒤를 종종종 따랐다. 줄의 맨 끝을 어미가 맺었다. 한 놈 한 놈 몸을 쏙쏙 감추며 들어간 곳은 소의 한가운데 무성하게 우거진 부들 숲이었다. 그곳이 그들의 둥지인 모양이었다. 키가 큰 부들 숲은 흰뺨검둥오리 가족의 둥지로 충분해 보였다. 내가 "꽉꽉!" 부르고 지민이가 "아야! "아야!" 불렀지만 부들 숲은 움직이지 않았다.

그 뒤 이 주일이 지나도록 녀석들을 만나지 못했다. 부들 숲속에 숨어 있을까 싶어 나는 부들 숲을 향해 "꽉꽉! 꽉꽉!" 오리들을 불러보았다. 부들 숲은 미동도 하지 않았다. 녀석들이 활동하는 시간과 내가 산책하는 시간대가 맞지 않는 건지, 그들이 거처를 옮긴 건지 알 수 없었다. 물론 다른 흰뺨검둥오리들을 보기는 했다. 하지만 다른 오리들은 더 이상 내 관심거리가 아니었다. 산책을 마치고 집에 가면 지민이 언어로 남편이 물었다. "아야, 만났어?" 부동산에서 전화 한 통 없어 속이 탈 대로 타는 남편도 새끼 오리에게 관심을 가졌다. 지민이가 좋아한다니까 관심이 가는 모양이었다. 내가 보내준 동영상 속의 새끼 오리들을 한참씩 들여다보곤 했다.

녀석들이 낮에 활동하나 싶어, 어느 날은 한낮에 산책에 나섰다. 비가 오고 이삼일 지나서 개울물이 많고 맑았다. 아, 맑은 개울에 흰뺨검둥오리 가족이 있었다. 햇빛에 반짝이는 물결 위에서 어미가 새끼들에게 자맥질을 가르치고 있었다. 새끼는 일곱 마리였다. 아직 한 마리도 잃지 않았다. 그새 홀쩍 컸다. 이제 제법 어미의 축소판 같은 느낌이 났다. 꼬리가 길어지고 몸이 커졌다. 유난히 잦았던 세찬 봄비에도 어미는 새끼들을 한 마리도 잃지 않았다. 어미가 무료한지 개울의 저쪽 풀숲 위로 홀쩍 뛰어올랐다. 새끼들도 하나하나 풀숲으로 올라갔다. 새끼들은 어미 주위에 흩어져 바삐 풀씨들을 뜯었다. 한 마리가 풀씨를 먹지 않고 시멘트 구조물 위에서 촐랑대더니 구멍에 빠져 버렸다. 오래 전 개천 정비 작업하고 남은 것을 풀숲에 방치해 두어 늘 거슬리던 시멘트 구조물이었다. ㄱ자로 생긴 시멘트 덩이 두개를 마주 놓아 직사각형이 된 구조물 가운데에는 네모난 깊은 구멍이 생겨 있었다. 어미는 새끼 한 마리가 빠진 것을 보지 못했다. 풀숲 위에서도 별 재미가 없는지 어미가 금방 물속으로 점프했다. 새끼들이 모두 따라서 뛰어내렸다. 구멍 속에 빠진 녀석은 몇 번이나 시멘트벽 위로 뛰어오르려 시도했지만 번번이 실패했다. 새끼들을 거느리고 이동하려던 어미가 그제야 한 마리가 없음을 알고 두리번거렸다. 당황하여 개울가를 이리저리 돌아다니다가 아까 올라갔던 풀숲으로 다시 올라갔다. 주위를 휘휘 둘러보았지만 깊은 구멍 속의 새끼를 발견하지 못했다. 다시 물속으로 내려온 어미와 새끼들이 한 마리를 찾으려고 목청 높여 소리를 질렀다. "꽥꽥! 꽥꽥!" 구멍 속에서도 새끼가 뱅글뱅글 돌며 무슨 소리를 냈다. 그 소리가 어미 귀에까지 닿지 않는 모양이었다. 어미는 그곳을 떠나지 못하고 새끼들과 주위를 뱅뱅 돌았다. 산책하던 사람들이 내 옆에 멈춰 서서, 아이고 청둥오리 새끼 한 마리가 빠졌구나. 어쩌나, 하고는 다들 지나쳐 갔다. 개천을 건너가서 새끼를 꺼내주는 수밖에 없었다. 나는 징검돌을 찾아 한참 아래로 내려갔다. 나는 조심스레 돌들을 짚고 개천으로 내려갔다. 징검돌 위를 찰랑거리며 물이 넘치고 있었다. 여러 개의 징검돌을 건너느라 운동화가 젖었다. 뱀이라도 나올 것처럼 우거지고 습한 잡풀 숲을 헤치고 다시 상류 쪽으로 올라갔다. 내가 개울물

에 바짝 다가가자 어미는 제 새끼들을 해치러 온 줄 알았
는지 꽥꽥 대며 새끼들을 멀리로 몰았다. 나는 살금살금
시멘트 덩이를 향해 내려갔다. 새끼 오리는 좁은 구멍 안
에서 어쩔 줄 몰라 하며 왔다갔다했다. 얘야, 잠시만 기다
려라. 곧 구출해줄게. 나는 조심조심 팔을 내뻗었다. 내
팔이 녀석을 향해 나아가는 그 순간, 뭔가가 전광석화처
럼 빠르게 내 눈앞에서 튀어나갔다. 정신을 차리고 보니
구멍 속은 비어 있고, 어미 옆에는 새끼 한 마리가 던져져
있었다. 어미와 새끼는 너무 창졸간에 일어난 일이라 그
런지 얼떨떨한 표정으로 서로 바라만 볼 뿐 극적인 상봉
장면을 연출하지 않았다. 나는 눈으로 보고도 어찌 된 일
인지 알 수가 없었다. 새끼가 날아서 나온 건 아니었다.
날 수 있었으면 진작 나왔을 거였다. 아직 나는 것을 배우
지 못한 어린 새끼다. 그토록 안달했어도 밖으로 나오지
못한 녀석이었다. 갑자기 어디선가 화다닥, 튀어나와 눈
앞에 떨어진 새끼를 보고 놀라기는 어미 오리도 마찬가지
였던 모양이다. 어미는 고개를 돌려 여기저기를 둘러보고
하늘도 한번 올려다보았다. 새끼가 하늘에서 떨어졌다고
생각하는 모양이었다. 나는 시멘트 덩이 안을 자세히 살

퍼보았다. 네모난 구멍의 한쪽 모서리에 3mm가 될까 말까 한 좁은 틈새가 있었다. 실같이 좁은 그 틈으로 새끼오리가 빠져 나간 것이다. 그건 낙타가 바늘구멍을 통과한 것과 같은 기적이었다. 그런 초능력이 필요할 만큼 녀석에게는 절체절명의 순간이었던 게다. 녀석에게 다가가는 내 손은 구조의 손이 아니라 죽음의 손이었던 것이다. 나는 새에 대해 뭣도 모르는 사람이었다!

지민이가 왔다. 아침에 며느리가 전화를 했다. "어머니, 오리 보러 가야겠어요. 어제 지민이가 어린이집에서 오이, 오이, 하더래요. 선생님이 얼른 오이를 갖다 줬더니 휙 집어 던지더라네요." 산책로에 내려놓자마자 지민이는 "아야!" 하며 물가로 한발 다가섰다. 지민이 머릿속에서 그동안 새끼 오리가 살고 있었다. 그날 지민이는 새끼 오리들을 만나지는 못했지만 흰 오리들의 꽥꽥 소리만으로도 충분히 즐거워했다. 흰뺨검둥오리들이 자맥질하는 걸 보며 손바닥이 빨갛도록 박수도 치고. 그렇게 지민이는 커갈 것이다. 흰뺨검둥오리 새끼들이 성장하여 날게 되듯이.

봄이 다 가도록 그들 가족을 만나지 못했다. 매번 그리움과 기대를 채우지 못하고 돌아오는 것은 허망하고 피곤한 일이었다. 나는 아예 하류 쪽으로 산책길을 바꿔 버렸다. 그쪽에는 오리들이 없었다. 막 더위가 시작된 훤한 여름날 저녁, 모처럼 상류 쪽으로 산책을 나갔다. 그날 그들을 만났다. 새끼들은 벌써 어미 크기의 반 이상이나 자라 있었다. 이제야 알 것 같았다. 그동안 왜 이 개천에서 오리 새끼들을 보지 못했는지. 새끼로 사는 기간이 너무 짧아, 조금만 산책을 게을리 하거나 주의를 기울이지 않으면 새끼 오리들을 만날 타임을 놓치는 것이다. 게다가 녀석들이 몸을 물에 반쯤 담그고 사니 새끼인지 성년인지 쉽게 구별이 안 된다. 나는 애써 그렇게 내 무관심을 변명했다. 그새 어미는 새끼 한 마리를 잃었다. 갖가지 위험이 도사리고 있는 이곳에서 일곱 마리를 낳아 여섯 마리를 건졌으니 그만하면 자식농사를 잘 지은 셈이다. 어미는 충분히 칭찬 받을 만했다. 어미는 다 잊었을지 모르지만 내 휴대폰 카메라에는 그 가족의 역사가 생생히 기록되어 있다. 갓 부화한 몽실몽실한 새끼 일곱 마리를 어미가 처음으로 개천에 데리고 나왔을 때의 모습과 빗속에서 거친 물살을 거슬러 새끼들을 상류로 이동시키던 모습, 반짝이는 물결을 가지고 놀던 어미와 새끼들의 모습까지. 올 봄 나는 많은 시간을 그 동영상과 함께 보냈다. 생명의 떨림과 귀함과 안쓰러움이 그 안에 있었다. 흰뺨검둥오리들이 아니었다면 가온이에 대한 그리움과 죄스러움으로 우울한 봄을 보냈을 것이다.

여름 개천에 이상한 놈이 출현했다. 흰 오리도 아니고 흰뺨검둥오리도 아닌 놈이 한 마리 나타났다. 녀석의 깃털은 누리끼리하고 등에는 흰뺨검둥오리와 같은 갈색 얼룩무늬가 있다. 부리와 다리는 선명한 오렌지색인데, 부리가 넓적한 게 흰 오리를 닮았다. 크기가 흰뺨검둥오리 새끼처럼 작지는 않았다. 사람들이 신기해하며 신종 오리를 구경했다. "저건 뭐지?" "어디서 저런 게 왔나?" 다리 아래쪽 흰 오리들과 흰뺨검둥오리들이 같은 물에서 식구처럼 놀더니 아마도 어느 놈들이 남몰래 사랑을 했나 보다. '날 그런 눈빛으로 바라보지 마세요. 글로벌 시대에 같은 오리과끼리 사랑한 게 뭔 죄인가요?' 그렇게 항변하듯, 녀석은 신경질적으로 자맥질을 되풀이했다. 이 오리를 뭐라고 불러야 할까. 사진을 찍어 새 박사에게 보내 봐야 하나. 저 신종 오리가 흰 오리나 흰뺨검둥오리와 사랑을 하면 또 어떤 놈이 나올까. 그렇게 신종의 신종을 거듭하며 우주 만물도 진화해온 것이 아닐까. 십 년 뒤의 이 개천에는 어떤 신종 새들이 살고 있을지 궁금하다.

아이를 데리고 나온 젊은 아빠가 "저기 청둥오리 있네!"하며 흰뺨검둥오리를 가리킨다. "청둥오리?"하며 아이가 개천으로 바짝 다가선다. 나는 지나쳐 가다가 다시 돌아와 아이 아빠에게 정정해 준다. "저건 흰뺨검둥오리예요. 뺨에 하얀 줄이 있죠?"젊은 아빠가 고맙다고 인사를 한다. 나는 그 길에서 여러 번 그렇게 정정을 해주었다. 이 개천을 걷는 대부분의 사람들이 흰뺨검둥오리를 청둥오리라고 한다. 나는 흰뺨검둥오리 홍보대사라도 하고 싶다. 이곳을 일 년 내내 살아 움직이는 개천으로 만들어주는 녀석들에 대한 도리이지 싶어서.

지민이가 오리를 '오리'라고 할 날도 곧 오고, 뒤도 돌아보지 않고 이 개천 길을 마냥 뛰어가는 날도 곧 온다. 쇠백로가 어디서 짝을 한 마리 찾아 이 개천에 데리고 올 날도 곧 오리라. 그리고 오래 공실로 있는 우리 상가에 마땅한 임차인이 들어와 남편과 내가 편하게 밤잠 자는 날도 곧 오리라. 나는 벌써 내년 봄을 기다린다. 또 어떤 흰

빰검둥오리 어미가 새끼들을 거느리고 위풍당당하게 개천에 나타날 봄을. 이제 이 개천길은 예전의 그 길이 아니다.

여름의 끝에 남편과 나는 가온이의 분골을 등산로 입구 신갈나무 아래 묻어 주었다.

해설

일상 속 작은 희망을 찾아서
－김연정 소설집『오후의 뒤뜰』

장두영(문학평론가)

0.

　김연정의 소설집 『오후의 뒤뜰』에 수록된 여러 작품은 지극히 평범한 일상을 배경과 소재로 한다. 일요일 오전 외출 준비를 하면서 목욕하거나, 소설 창작 교실에 참석하거나, 오랜만에 형제자매들이 모여 수다를 떠는 등 '오후의 뒤뜰' 같은 나른한 일상이 펼쳐진다. 그러나 한갓진 일상의 이야기를 따라가다 보면 어느 순간 평소와는 전혀 다른 낯선 감정의 상태로 전환되고, 작지만 강렬한 이야기의 회오리바람이 몰아친다. 느닷없이 욕실 문이 잠겨 옴짝달싹 못 하게 되고, 소설을 쓰겠다던 회원이 폐암 말기 판정이라는 날벼락을 맞고, 돌아가신 어머니 음성이 녹음된 카세트테이프를 듣고 순식간에 눈물바다를 이룬다. 일상의 잔잔함을 깨트리면서 발휘하는 단편소설의 아찔한 묘미는 이번 소설집에 수록된 모든 작품에서 공통적으로 발견되는 특징이다. 어쩌면 그 속에서 작은 희망을 발견할 수도 있으리라는 막연한 기대를 품은 채, 이 글에서는 그러한 소설적 반짝임을 짚어본다.

1.

「달로 가는 사다리」는 지하철 안에서 맞은편에 앉은 남자를 훔쳐보는 장면으로 시작한다. 누구나 한 번쯤은 그런 비슷한 경험을 했을 법한 일상적 상황이다. 다만 장동건이나 송중기같이 '잘 생겼다는 생각이 드는 얼굴'이 아니라 '잘 늙었다는 생각이 드는 얼굴'이라는 점이 수상한 일탈의 시작이다. 도대체 무슨 이유로 나이든 남자의 얼굴을 엿보고 있는 것일까, "그도 딱 저 남자만큼만 잘 늙어 있었으면 좋겠다."라는 말은 또 무슨 뜻일까? 지하철이라는 지극히 일상적 공간에서, 맞은편 승객을 훔쳐본다는 누구나 공감 가는 설정이 시작되자마자 아늑한 일상의 테두리를 훌쩍 뛰어넘어 독자를 낯선 궁금증의 복판으로 데려간다. 일상을 벗어나 소설 속 허구로 진입하는 첫 장면이다.

일상을 떠나 도달한 곳은 50년 전 소규모 출판사 편집부다. 소설은 '나'가 그곳에서 머물면서 관찰하고 경험했던 몇 가지 에피소드를 회상하는 구도로 전개된다. 닐 암스트롱이 달에 착륙했던 해로 기억되는 1969년, 통행 금지 사이렌과 삼선 개헌 반대 목소리가 배경음악처럼 들린다. 청계천 지저분한 골목 깊숙이 자리한 작은 인쇄소로 들어가고, 다시 파란색 사다리를 타고 올라가야 나오는 출판사 편집부 사무실이 소설의 공간적 배경이다. 지하철에서 깜빡 졸기라도 한 것일까, 시공간을 훌쩍 뛰어넘은 흥미로운 비약이다.

그곳에서는 '나'를 포함하여 여러 개성적인 인물들이 한 편의 시트콤을 벌이고 있다. '나'는 작문 테스트까지 거쳐 나름 치열한 경쟁을 뚫고 입사한 신입사원으로 부푼 꿈을 꾸었지만, 실상은 사진이나 그림 자료를 찾아오는 편집 보조에 불과하고, 더 정확히는 '오징어 다리 사 오는 심부름'을 하는 '꼬마 김양'으로 불린다. 일보다는 회식에 더 열성적인 '치고이네르바이젠 신봉자' 최 선생, S대 사학과 출신으로 현재 자신의 처지에 자괴감을 느끼는 좌파 성향의 김 선생, 영문과를 중퇴하고 얼굴이 못생긴 노처녀 미스 정 언니, 자신이 쓴 시가 한 번 호평받자 무작정 상경한 대책 없는 송 시인, 어엿한 등단 소설가이자 부도 직전의 출판사를 어떻게든 살려보려고 묵묵히 이끌어가는 편집장 등은 그곳에 머물렀던 몇 개월간의 추억을 빛내주는 훌륭한 조연들이다. 각각의 인물들은 50년의 시차에도 불구하고, 독자 바로 곁에서 옥신각신 좌충우돌 살아 있는 듯한 느낌을 준다. 이 같은 소설적 상황에 빠져드는 몰입감은 이번 소설집에 수록된 여러 작품 중 이 작품이 단연 으뜸이다.

매력적 인물들이 펼쳐내는 몰입도 높은 시트콤은 그 분위기를 그대로 소년 이현수의 꿈에 관한 이야기로 이어나간다. 소년의 꿈 이야기는 작품의 제목에서 내걸어놓았듯 달이라는 꿈, 그리고 그 꿈에 오르기 위한 사다리의 비유로 이루어진 이야기다. 그러나 달과 사다리의 비유가 약간은 평이하고, 사다리가 반복적으로 강조되다 보니 신선함이 다소 약화되는 아쉬움이 있다. 특히 달 착륙 장면에서 인류의 위대한 발자국에 대한 감격이 아니라 사다리에 주목한다는 것은 아무래도 작위적이라는 인상을 줄 수밖에 없다.

반면 '무엇을 만든다'는 표현을 꿈에 관한 이야기로 연결한 점이야말로 이 작품에서 가장 반짝이는 부분이 아닐까 싶다. 소년 이현수는 편집부로 올라가는 사다리 아래에서 모형 거북선을 만들고 있었다. 그는 무언가를 열심히 만들고 있었다. 비록 보잘것없는 것일지라도 아무것도 안 하는 것이 아니라 열심히 자신의 일상적 삶을 성실히 살아가는 중이었다. "우리가 언제까지나 밑에 있니? 우리가 평생 모형 거북선이나 만드냐구. 앞으로 우리가 무엇을 만들게 될지는 아무도 모르는 거야." 꿈을 포기하지 않는 소년의 말에서 일상적 삶은 멀게만 보이는 꿈과 분명히 연결되어 있음을 확인한다. 계속해서 성실히 무언가를 만들다 보면, 점차 발전하고 성장하여 결국 꿈을 이룰 수 있으리라는 희망을 엿볼 수 있으리라.

편집부 식구들은 또 어떠한가? 자세히 보면 그들 또한

성실히 무언가를 만들고 있다. 등단을 준비하는 미스 정 언니는 일요일에 나와 남몰래 소설을 쓰고 있을지도 모른다. 송 시인과 소설가인 편집장도 자신의 작품을 열심히 만드는 중이다. 특히 편집장은 편집부의 일상 속에서 영감을 얻어내어, 문단의 호평을 받는 작품을 만들어내는 데 성공하였다. 시인이나 소설가뿐만 아니라 역사를 전공한 최 선생과 김 선생도 무언가를 만드는 일에 집중하는 모습을 보여주기는 마찬가지다. 종종 "서로 편향된 원고"라면서 각자의 역사관을 고수하면서 언쟁을 벌이는 까닭은 비록 어린이 인물 사전이지만 거기에 애정을 쏟아 넣는 장인의 진지한 태도를 그들이 지니고 있기 때문이다.

어린이 인물 사전은 시나 소설 같은 예술의 경지에 절대 못 미치고, 편집자의 올바른 역사적 인식이 요구될 만큼 무게감 있는 저작물도 결코 아니지만, 편집부 식구들은 자신들이 만드는 무언가에 오롯이 집중한다. 이것은 '나'가 나중에 큰 출판사에 취직해서 해적판 짜깁기 문학 전집을 만들 때 '부끄러움'을 느꼈던 것으로도 이어진다. 작은 출판사에서 만든 어린이 인물 사전에 비해 큰 출판사에서 펴낸 문학 전집은 얼마나 그럴싸한가. 그럼에도 불구하고 문학 전집은 자신의 노력으로 만든 것이 아니기에 '부끄러움'으로 되돌아올 뿐이다. 반면 편집부 식구들은 어디까지나 자신의 열정을 담아 독창적인 무언가를 만들어냈다. '부끄러움'이 아니라 '자랑스러움'이 그들의 가슴에 가득하리라. 그들은 자신의 일상적 삶에 진지한 존경을 보내고 있었던 것이다.

그곳에서 그들의 모습을 지켜보면서 '나'가 배운 것이 바로 소설 창작의 열정이 아니겠는가. 소설 속 '나'는 50년 전 그곳의 일을 소재로 「달로 가는 사다리」를 썼다. 짐작건대 편집부 식구들과 소년 이현수를 향한 존경과 그리움을 담은 작품임이 분명하다. 그리고 작가 김연정도 꼬마 김양이 이현수를 만나는 이야기를 다룬 「달로 가는 사다리」를 썼다. 물론 소설 속 작품과 소설 자체는 엄연히 다르다. 그러나 꼬마 김양이 쓴 소설 속 소설 「달로 가는 사다리」와 그것을 품은 김연정의 소설 「달로 가는 사다리」는 의미상 탄탄한 연결고리로 결합되어 있어 소설 속 내용보다 한층 더 풍부한 상상의 나래를 펼치게 이끈다. '나'가 50년 후의 이현수를 만나 무슨 이야기를 나누게 될까 하는 궁금증 속에서 실제와 허구 사이의 긴장, 일상과

상상 사이의 긴장, 사다리 아래 세계와 달나라 사이의 긴
장이 선명한 반짝임을 만들어내고 있다.

2.

　지루한 일상이 순식간에 악몽으로 변한다면 어떨까?
「그리하여 숨」은 그러한 공상에서 시작한다. 이 작품은
일요일 외출 준비 중인 주인공이 맞이하게 되는 우발적
상황을 폐소공포증과 결합하여 극적 긴장을 연출한다. 단
편소설 특유의 응집력 있는 서사에 주목한다면 이번 소설
집에 수록된 여러 작품 중 가장 인상적인 작품으로 꼽을
수 있다. 특히 일상적 소재와 기발한 상상을 아찔하게 결
합하는 데 성공한 작품이다.
　이 작품을 감상할 때 무엇보다 흥미로운 부분은 은근슬
쩍 함정을 파놓는 기술이다. 소설의 첫 대목을 주목하자.
"7시 반에 일어났다. 평소와 같은 시간이다." 무심코 지나
갔던 문장이지만, 나중에 주인공이 욕실에 갇히고, 그곳
에서 폐소공포증에 중압되고, 나아가 더욱 불길한 결과가
상상되는 상황이 벌어질 때 뒤돌아보면 그것이 함정이었

음을 알아차리게 된다. 절대 평소와 같은 날이 아니기 때문이다. 남편 이야기는 또 어떠한가? "남편은 지금 북경에 있다." 이때 남편이 대학 동기들과 중국 여행 중이라는 사실이 중요한 것이 아니다. 작가는 그저 사건을 꾸미기 위해서 남편을 여행 보낸 것으로 처리했을 따름이다. 옆집 젊은 부부까지 어제 알프스로 트래킹을 보낸 것은 살짝 과한 느낌도 없지 않지만, 주인공을 욕실에 고립시키기 위해 세심하게 함정을 잘 파놓았다. 욕실에 갇혀 구출해달라고 아무리 소리쳐도 소용없도록 피놓은 함정은 독자들이 미처 눈치채기도 전에 주인공을 가두어버리고, 평범한 일상적 생활 공간을 일시에 섬뜩한 상상력의 무대로 바꾸어놓아 버린다. "나는 뭔지 모르는 힘에 걸려들었다는 생각이 들었다. 그렇지 않고야 잠그지도 않은 문이 왜 안 열리느냐 말이다." 소설의 플롯이라는 단어가 '음모'라는 뜻을 담고 있다는 점에서, 무언가에 걸려들었다는 것은 이중적 의미를 생성한다. 한편으로는 소설 속 주인공이 어쩔 수 없이 걸려들었음을, 다른 한편으로는 작가가 준비한 플롯이라는 함정에 주인공은 물론 독자까지 완벽하게 빠져들었음을. 완전한 함정 파놓기인 동시에 깔끔한 플롯 설정이다.

다만 공황장애, 폐소공포증의 근본을 찾아내기 위해 과거의 기억으로 거슬러 가는 내용은 다소 평범한 느낌을 준다. 게다가 모든 원인을 트라우마에서 찾으려는 시도는 자칫 안이한 접근으로 오해될 위험성도 있다.

그보다는 주인공이 욕실에 갇혀 자신을 구조해줄 수 있는 사람을 떠올려보다가 결국 포기할 때 밀려오는 서글픔을 적절하게 표현한 것이 이 소설의 독창적인 반짝임이라 할 수 있다. 주인공의 머릿속을 스쳐 가는 열대어들의 죽음, 남편 친구들의 부고, 오래 길렀던 반려견의 죽음은 열린 상태로 끝난 이 소설의 결말이 어두운 쪽으로 흘러갈 수도 있겠다 싶게 이끈다. 아들들이 자신을 구조하러 올 수 있을까 싶다가도 포기하는 과정에서, 큰애는 며느리에게 붙들려 살아 사실상 아들을 뺏긴 셈이고, 사전 약속이나 전화 통화 없이 불쑥 집에 찾아오는 일이 없는 작은아들에 관해서도 역시 왠지 모를 서먹한 거리감이 느껴진다. "자식들은 어미 생각에 한동안 비통해하겠지만 아픔은 곧 희미해져 갈 것이다. 모두 짝을 찾았고 제 아이들을 낳았으니 그들에게서 위로를 받고 삶의 이유를 찾으며 살아갈 것이다." 어쩔 수 없음, 갇힌 상황도 어쩔 수 없고, 아들들이 내 품을 떠난 것도 어쩔 수 없기는 마찬가지. 구구절절 아들들에 관해 이야기하는 것보다 훨씬 날카롭고 인상적인 세태 묘사가 아닌가 싶다. 동시에 섬뜩하고도 어쩔 수 없이 받아들여야 하는 죽음에 대한 선명한 인식, 메멘토 모리이다.

욕조의 물이 식었다. 물을 한 컵 마시고 뜨거운 물을 받는다. 욕실 안이 더운 김으로 가득 찬다. 물속에 몸을 누인다. 가쁘게 토해내는 내 숨소리뿐, 욕실은 너무도 적요하다. 아파트 주민들이 나만 이곳에 가둬놓고 모두 어디로 가버린 것처럼 고요하다. 이 문은 언제 무엇이 의해 열리게 될까.

작품의 결말은 적게 말하고 많이 의미하는 것이 무엇인가를 적절히 예시한다. 문장은 짧고, 메마르고, 낮게 가라앉아 있다. 불과 얼마 전까지 "나는 언니들에게 아멘! 답장을 날린다. 까짓 아멘쯤이야!"라고 경쾌한 모습을 보여주었던 '나'였다. 그러던 것이 욕실에 갇혀 구조의 희망을 상실하였음을 문장의 느낌만으로 적절히 표현한다. 이 역시 구구절절 '나'의 심리 상태를 서술하는 것보다 훨씬 직

관적이고 실감 나는 표현 방식이다. 단순히 구출 여부에 관한 의미뿐만 아니라 아파트에 사는 일상 속에서 갑작스레 찾아온 절대적 고독, 그리고 고독의 끝에서 자리하고 있을 죽음에 관한 암시까지, 그저 고요한 물속에 누워있는 '나'의 모습을 통해 한꺼번에 전달되고 있다.

3.

「차표 한 장 손에 들고」는 '나'가 어머니 기일에 큰언니네 집에 갔다가 경의중앙선 열차를 타고 오면서 부모님과 형제들을 추억하는 이야기다. 여러 명의 언니와 동생들이 등장하지만 「달로 가는 사다리」에 나오는 편집부 식구들만큼 개성적이지는 않다. 이 작품이 형제 하나하나의 이야기를 들려주는 것이 목적이 아니어서 그렇기도 하겠고, 작가 주변에 살아 있는 누군가를 작품 속에 끌어들인 결과가 아닐까 싶기도 하다. 「달로 가는 사다리」는 50년의 시차를 채우기 위해 작가의 상상력을 발휘한 결과 한층 생동감 있는 인물들을 만들어 낼 수 있었고, 반대로 실제 인물을 옮겨놓은 「차표 한 장 손에 들고」는 실제의 특

성이 워낙 강력하다 보니 정작 허구화가 약해질 수밖에
없었으리라 짐작된다.

그러나 단 한 명의 인물, '어머니'만큼은 예외다. 이 소
설에 등장하는 어머니는 소설집에 수록된 여러 작품에 나
오는 인물 중 가장 손에 잡힐 듯 생생히 형상화된 인물이
다. 이 소설이 여러 형제자매가 어머니를 추억하고 회상
하는 형식으로 이루어졌기에 모든 노력이 어머니라는 인
물의 형상화에 집중된 결과이다. 더욱이 소설 속 어머니
는 실제 작가의 어머니를 모델로 하였겠지만, 소설적 허
구화를 거친 결과 독자의 마음속에도 한 자리를 차지할
수 있는 너무도 보편적인 어머니이기도 하다. 기차에서
달걀 먹는 이야기가 나올 때는 설령 내 어머니가 아니라
도 저절로 미소가 지어지고, 어머니가 애창곡 차표 한 장
을 부르실 때는 역시 덩달아 흥겨워지고, 카세트테이프에
녹음된 생전의 목소리를 들을 때는 소설 속 형제자매들
틈에 끼어 같이 울음을 토할 수밖에 없다. "너희들 나 죽
은 뒤에 이 테이프 틀어놓고 얼마나 울래?' 갑작스러운 엄
마의 울음소리에 우리들은 일시에 정지상태가 된 듯 서로
의 얼굴만 바라보고 있었나 보다. (…) 우리는 뒤늦게 엄

마의 죽음 이후를 떠올린 듯 울음을 터트린다." 「차표 한 장 손에 들고」는 그만큼 특수성을 넘어 보편성을 끌어안는 데 성공한 작품이며, 그것은 전적으로 '어머니' 덕택이다.

소설 속에서 '어머니'는 몇 가지 의미로 확장된다. 첫째는 '고향'이다. 이 소설은 큰언니네 집을 다녀온 것으로 이야기를 시작하였지만, 어느새 고향인 옥천 이야기를 슬그머니 끌어들인다. 송시열 선생, 정지용 시인, 육영수 여사 이야기를 배경으로 고향 옥천을 생각하게 되는 것은 어머니의 의미가 자연스럽게 확장된 결과다. 어머니를 떠올리면 자연스럽게 고향이 떠오르게 되는 한 세트일 수밖에 없다.

둘째는 '회상'이다. 이 소설은 자식들이 어머니를 회상하는 형식으로 되어 있다. 주인공 '나'가 60년 전 과거 초등학교 시절을 회상하기도 하고, 어머니가 남긴 노트나 옛 집터를 보면서 형제자매들이 "서로의 기억을 꺼내 맞추어보"기도 한다. 기본적으로 모든 서술의 방향이 과거로 맞추어져 있다는 것이다. 회상은 이번 소설집에 수록된 다른 작품에서도 빈번히 활용된다는 점에서 실제 작가의 고유한 문체적 개성의 문제와도 연결되는 것이지만, 이 작품에서는 회상의 반복적인 활용이 특징적이다. 과거와 현재, 과거에서 더 과거로 오가는 회상의 반복 속에서 어머니를 생각하고, 자신의 인생을 생각한다. 여러 에피소드가 나열되어 자칫 지루한 느낌을 줄 수도 있지만, 자애로운 어머니가 여러 명의 자식을 넉넉히 품어내듯 소설은 회상의 형식을 통해서 여러 편의 에피소드를 넉넉하고 따사롭게 품어낸다.

형제가 많으니 성격에도 배움에도 차이가 있고, 사는 수준의 높낮이도 달랐다. 당연히 크고 작은 갈등과 질시가 있었다. (…) 한데 막내가 오십을 훌쩍 넘기자 모든 경계가 허물어졌다. 너무 분명해서 도저히 허물 수 없을 것 같던 구획들이 사라졌다. 그리고 평준화되었다. 배움도, 살림살이 형편도, 성격도, 인물까지도. 젊어서는 아버지를 빼닮았던 막내와 남동생까지도 희한할 만큼 엄마 얼굴이 되어 버렸다.

셋째는 '형제애'이다. "나 죽더라도 지금처럼 의좋게 지내라." 형제자매들은 어머니의 말씀을 잘 따르는 착한 자식들이다. 어머니의 기일에 모여 의좋은 모습을 확인함으로써 각자의 생활 터전에서 다시 힘을 내어 살아갈 용기를 다시 얻는다는 것이 이 소설의 강조점 중 하나다. 소설 속 형제애의 핵심은 모두들 '엄마 얼굴'이 되어 버렸다는 데 있다. 제각각 잘나고 못나도, 서로 갈등하고 반목하여도, 어머니에게서 물려받은 유전자의 힘을 못 벗어난다. 한참 시간이 지나서 돌아보니, 남은 것은 한결같이 어머니의 얼굴을 빼닮은 여러 명의 형제자매다. 그러니 어찌 갈등하고 질시할 수 있으랴, 그저 서로에 기대어 보듬어줄 따름. 그러한 형제애의 한 가운데에는 당연히 동일한 유전자를 물려준 어머니의 존재가 있다. 바꾸어 말하면 이 소설에서 그려내는 형제애는 어머니의 사랑에 대한 형언할 수 없는 그리움의 한 표현이다.

소설의 결말은 다시 일상으로 되돌아가는 여정이다. 잠시 일상을 벗어나 그리운 어머니의 품에 안겼다가 다시 쓸쓸한 세상으로 돌아가는 길은 발걸음이 무거울 수밖에 없다. "형제들은 저마다의 등짐이 있는 곳으로 간다."라고 하지 않았는가. 그들은 일상적 삶의 무게를 다시 감당해야 한다. 그러나 한바탕 수다를 떨고, 함께 웃고 울었기에 그들의 앞길은 희망적이다. "그래도 풍산 가는 날이 또

온다."라고 하는 것을 보더라도 일상으로 복귀하는 발걸음이 절망과는 거리가 먼 듯하다. 오히려 세간의 주목을 받는 화려한 삶은 아니라도 일상 속에서 작은 희망을 찾아낸 자의 당당한 걸음걸이가 느껴진다.

4.

「다정큼나무 꽃이 피면」은 소설 창작 교실이 배경이다. 얼핏 보면 일상성과는 거리가 먼 듯하지만, 소설 작가에게는 지극히 익숙하고 평범한 일상적 공간이다. 회원이 한 스무 명 되고, 젊은 시절부터 글을 향한 욕구는 있었으나 마음껏 뜻을 펼치지 못한 사람들이 모여 창작욕을 불태우는 곳, 그곳에서 소설가인 '나'는 회원들에게 소설 창작법을 가르친다. 이현아도 처음에는 평범한 회원 가운데 하나였다. 그러나 그녀가 말기 폐암 선고를 받으면서 소설 창작 교실이라는 작가의 평범한 일상적 공간은 낯설고 충격적인 감정의 격랑으로 인해 소용돌이치기 시작한다. 익숙한 일상성에서 출발하여 낯선 상상력의 한복판으로 독자를 몰아가는 방식은 소설집에 수록된 여느 작품과 다

212

를 바 없다.

　그건 평생 따라다니는 지병 같은 거다. 소설만 안 쓴
다면 이 나이에 열패감에 시달릴 일은 없을 텐데 싶어
글을 떠나보기도 하지만, 소설이 아니고는 내가 살아
있다는 증명을 해줄 것이 없으니, '돌아와 거울 앞에 선
누님'처럼 매번 다시 돌아오고 있다. (…) 그럼에도 아
직 내가 소설을 포기 못 하듯, 우리 회원들도 글 쓰는
일의 지난함을 다 알면서 첫사랑보다도 더 징글징글하
게 못 잊는 글을 찾아 여기 왔을 것이다. 그러니 어쩌
겠는가. 그들과 함께 달릴 수밖에. "구중궁궐처럼 깊은
곳에 감춰뒀던 속엣것을 털어내어 수없이 덖다보면 누
군가의 가슴팍에 쏙 들어앉을 글을 쓰게 될 거예요. 기
대합니다."

　다만 이 작품에서는 일상성과 비일상성이 서로 얽혀 있
는 구조이다. 일상성과 비일상성을 연결하는 장치는 바로
이현아의 병이다. 위의 인용에서 소설 쓰기는 병에 비유
된다. 소설 쓰기는 평생을 따라다니는 병 같은 것. 이현아
의 말기 폐암이야말로 실제 병의 극단적 표현이다. 소설
쓰기라는 병에 시달리는 스무 명의 회원들은 저마다 소
설 창작을 향한 고통을 느끼고 있으며, 그러한 고통은 이

현아의 실제적인 고통을 통해서 극단적으로 표출된다. 이현아의 병이 소설 쓰기와 연관되어 있음은 그녀가 병으로 고통을 받으면서 비로소 자신의 소설을 쓰게 된다는 설정에서 확인된다. "소설이 아니고는 내가 살아 있다는 증명을 해줄 것이 없다"는 말은 바로 이현아에게 해당된다. 폐암이 재발되어 더 이상 손쓸 수 없는 지경이 되어서도 그녀가 미친 듯이 소설 쓰기에 매달린 것도 소설을 통해서 자기 존재를 증명하려는 근원적인 욕망이 작동한 결과로 볼 수 있다.

이현아의 소설 쓰기는 절박한 자기표현의 한 방편이다. 그녀는 어려서부터 문학작품을 읽고 글쓰기도 좋아했지만, 소설을 쓰겠다는 생각을 갖지는 않았다. 막상 소설을 쓰겠다 결심하고 나서도 소설보다는 '수필'을 써내곤 했다. 아직 소설 쓸 준비가 덜 되었던 셈이다. '나'는 그런 그녀를 향해 이렇게 말한다. "기침 대신, 목구멍 너머에 숨겨놓은 비밀스런 불덩이를 토해내 보라고." '속엣것'을 털어내라는 소설 창작 교실의 강의 내용과 크게 다르지 않다. 자신의 마음속 너무 깊은 곳에 숨겨져 있어 미처 자기 자신도 알아차리지 못했던 것을 끌어내기만 하면 그것이 진실한 소설이 된다는 발상이다.

작품 속 소설 쓰기란 순전한 자기 고백의 양식이다. 작품 곳곳에서 고백체의 대표적 방식인 서간체가 활용된 것도 같은 이유로 볼 수 있다. 사실 투병 생활을 하는 이현아가 소설 창작 교실 선생에게 반복적으로 편지를 보낸다는 것 자체가 현실성에 바탕을 둔 것이라기보다는 '고백하기=소설 쓰기=살아 있다는 증명'의 연관 관계에서 비롯한다. 이현아가 보낸 편지는 고향에 계신 어머니와 오빠에 관한 이야기, 요양원에 와 있다는 이야기 등 근황 전달의 수단인 동시에 물론 암 선고 후 가방가게 남자와 시작한 연애 이야기, 그 남자와 동침한 이야기, 그 남자가 양모 담요처럼 포근했다는 이야기 등 얼마 남지 않은 삶의 끝자락에서 경험하고 느끼는 모든 것을 담아내려는 몸부림의 흔적이라는 점에서 순도 높은 자기 고백의 한 형태다. 이현아가 보낸 편지 내용이 반복적으로 나온 끝에 이현아가 쓴 소설이 제시된다는 것을 보더라도 소설 쓰기가 자기 고백의 연속선상에 놓여 있음을 다시 확인할 수 있다.

이현아가 쓰려는 소설은 자신과 자신의 언니가 겪었던

상처와 관련이 있어 보인다. 거슬러 올라가면 트라우마의 실체가 드러날지도 모른다. 하지만 중요한 것은 소설의 내용이 아니다. 「다정큼나무 꽃이 피면」의 결말은 이현아가 소설을 완성하는지 완성하지 못하는지에 초점을 맞추지 않는다. 그녀의 "목구멍 너머에 오랫동안 숨겨져 있던 불덩이"를 결국에는 토해냈다는 사실, 드디어 자기 고백에 성공했다는 사실이 더 중요하다. 울분의 덩어리를 토해내는 진실한 고백이야말로 소설 쓰기의 유일한 방법이라는 사실은 일상을 넘어 아찔한 상상력의 모험을 벌인 끝에 도달한 창작적 모색의 결론인 것이다.

5.

이번 소설집에 수록된 작품 중 가장 일상적인 분위기를 자아내는 작품은 「봄에 홀리다」이다. 소설 내용의 대부분은 주인공 '나'가 집 주변 개천을 산책하면서 떠올린 다양한 사색들로 채워지며, 사건의 극적 전개에 관한 관심은 적다. 유일하게 긴장감을 자아내는 사건 혹은 소재는 흰뺨검둥오리 가족의 탄생에 관한 내용이다.

그러나 조금 더 찬찬히 살펴보면 시간의 흐름에 따른 일정한 변화가 감지되는데, 가장 뚜렷한 지표는 손자 지민이의 상태. 처음에는 자폐 스펙트럼 장애를 걱정하던 손자가 오리 가족을 보면서 말문이 트이고, 나중에는 '나'와 함께 개천가를 산책하기에 이른다. 아직은 '오리'를 '오이'라고 어눌하게 발음하지만 그래도 '나'로서는 손자가 자폐아가 아닌 것이 얼마나 다행이냐 싶다. 소설이 시작할 무렵 며느리를 마뜩잖아 하고, "초미세먼지를 잔뜩 들이마신 듯 가슴이 갑갑했다."라고 하던 것에 비하면 얼마나 희망적인 발전을 이루었는가. 이처럼 이 소설은 많은 부분 수필을 닮았지만, 시간의 흐름에 따른 상태의 변화 즉 사건의 전개를 통해 주제를 구현하는 전형적인 소설의 구조를 지녔다.

이렇게 본다면, '나'의 심경에도 적지 않은 변화가 관찰된다. 소설 초반부에서는 노후 대책으로 마련해둔 상가가 비어 있어 걱정과 불안이 그늘을 드리운다. 오랫동안 길렀던 반려견 '가온이'가 죽고 난 후 상실감과 죄책감에서 벗어나지 못한다. 평소 가온이를 자주 산책시켜주지 못했다는 미안함 때문에 가온이의 유골이 든 종이 상자를 들고 개천 길을 걷는 것을 보면 아직 얼마나 많은 미련의 감정이 남았는지 알 수 있다. 그러던 것이 소설 후반부에 가서는 다른 분위기로 바뀐다. 걱정과 불안에서 벗어나 머지않아 더 좋은 날이 곧 오리라는 '희망'을 가진다. 특히 결말에서 '나'가 가온이의 분골을 땅에 묻어 주는 모습을 통해서 이제 더는 상실감과 죄책감에 시달리지 않게 되었음을 확인할 수 있다.

일상에 일어난 이 같은 변화의 시작은 바로 그 일상 속에 있었다. 산책하러 나가는 개천에 배경처럼 머물고 있던 흰뺨검둥오리 가족이 그것이다. '나'는 일곱 마리 새끼 오리들이 어미를 따라 줄지어 이동하는 모습을 우연히 발견했다. 평소 무심코 지나쳤던 모습에 작은 관심과 주의를 기울이는 순간 새로운 변화가 시작된다. 개천에 산책하러 다니는 동안 오리들의 세상에는 생로병사의 순환이 펼쳐지고 있었음에도 그동안 '나'는 알아차리지 못했을 뿐이다. 이제 그러한 일상에 관심을 가지는 순간, 제법 거센 감정 이입과 심적 동요가 발생한다. 고요한 수면에 드디어 파문이 일어나는 것, 새로운 희망을 위한 시작의 순간이다.

그들을 보는 순간 아, 어떡하지 하는 탄식이 내 입에서 터져 나왔다. 어째서 그런 탄식이 터져 나왔는지 모르겠다. 새끼 일곱 마리를 턱 하니 낳아 세상에 데리고 나온 어미 흰뺨검둥오리가 대견해서 그랬는지, 이 개울에서 험난한 시간을 살아내야 할 새끼들에 대한 연민과 안쓰러움으로 그랬는지 알 수는 없다. 나는 휴대폰 카메라 속에 흰뺨검둥오리 가족의 탄생을 동영상으로 담았다. 감격과 연민과 안쓰러움을 함께 담았다.

모든 희망은 우연히 관심을 기울이게 된 오리 가족을 향한 감격과 연민과 안쓰러움에서 시작한다. 새끼 오리들이 자라서 씩씩하게 걸어 다니는 모습을 지켜보면서 자연스럽게 손자 지민이도 오리처럼 무럭무럭 자랄 수 있다는 희망을 품게 되었고, 오리의 생로병사를 지켜보면서 죽은 반려견을 향한 슬픔과 미련을 서서히 정리할 수 있게 된다. "나는 벌써 내년 봄을 기다린다. 또 어떤 흰뺨검둥오리 어미가 새끼들을 거느리고 위풍당당하게 개천에 나타날 봄을. 이제 이 개천 길은 예전의 그 길이 아니다." 지극히 익숙하게 지나쳐서 예전에는 미처 알아차리지 못한 사소함에 주목하는 것, 그리고 자신의 주변에 작은 관심과 애정을 쏟는 것이 일상 속에서 희망을 발견하는 의외로 쉬운 방법임을 이 소설은 알려 준다.

6.

『오후의 뒤뜰』에 수록된 여러 작품은 평화로운 일상 속에서 상상력의 반짝임을 건져 올리는 몇 가지 방법을 우리에게 알려준다. 첫째, 주위를 유심히 관찰할 것. 익숙하고 평범해 보이는 일상일지라도 그곳에서 즐거운 사건과 작은 희망이 우리를 기다리고 있을지도 모를 테니까.(「봄에 홀리다」) 둘째, 계속해서 자신만의 무언가를 만들 것. 비록 그것이 사다리 아래 낮은 곳에 속한 것일지라도 저마다의 존경과 진심을 다한다면 결국에는 달에까지 닿을 수 있을 테니까.(「달로 가는 사다리」) 셋째, 늘 자신을 들여다볼 것. 깊은 속엣것을 끄집어내는 것만으로도 일상적 삶은 예술이 될 수 있으니까.(「다정큼나무 꽃이 피면」) 넷째, 메멘토 모리를 기억할 것. 삶의 유한성과 허약성에 대한 인식이 삶에 대한 경건함을 일깨워줄 테니까.(「그리하여 숨」) 마지막으로 서로 의지하고 사랑할 것. 넓게 보면 다 같은 자식이고 그게 어머니를 기억하는 한 방법일 테니까.(「차표 한 장 손에 들고」) 결국 일상적 삶에서 비약하는 상상력의 결과물인 소설집 『오후의 뒤뜰』은 "삶의 엄숙과 비애와 평화를 온몸에 가득 받아들이게"(「차표 한 장 손에 들고」) 우리를 이끄는 '근원을 향한 진지한 성찰'에 다름 아니다.

작가의 말

지난해 여름은 참으로 더웠다. 한데 나는 그 여름의 한가운데서 더위보다 더 끔찍한 기침에 시달렸다. 병원을 전전했지만 원인이 밝혀지지 않았다. 무시로 터지는 기침으로 사람들과 전화 통화조차도 할 수 없게 되었다. 교류할 수 없으니 방안에 저절로 고립되었다. 그때 TV에 나온 누군가가 숲 치료로 만성 기침이 나았다고 말하는 걸 들었다. 어떤 의사의 말보다 그의 말이 미뻤다.

나는 아침만 먹으면 뒷산으로 올라갔다. 온 산을 짜르르하게 울리며 폐 속에 숨은 모든 기침을 여름 숲에다 토했다. 산은 아무 눈치도 안 주고 내 기침을 다 받아주었다. 기침뿐 아니라 뭐든 토하고 싶은 게 있으면 여기다 다 토해, 하면서 매번 등을 토닥여 주었다. 그렇게 숲의 위로를 받으며 넉 달쯤 산에 오르고 나니 정말로 기침이 뚝! 떨어졌다. 몸의 컨디션도 최고조로 좋아졌다.

지난겨울은 춥지 않았고 눈도 오지 않았다. 나는 겨우내 산길을 올랐다. 582m 정상에 오른 적은 물론 없었다. 젊어서는 기어이 정상에 올라 점을 찍어야 화룡점정이라고 생각했지만 나이가 드니 지금, 여기에, 내가 살아 있다는 게 화룡점정이라고 생각하게 되었다. 그러니 그 날 그 날 몸이 가라고 하는 곳까지만 올라갔다. 등산로 초입에 앉았다 내려와야 하는 날도 있었다. 등산객이 없어 나 홀로 산을 지킨 날도 있었다. 뜨거운 물을 마시며 오래, 텅 빈 산 겨드랑이에 앉았다 내려오곤 했다.

그런 어느 날 이야기 하나가 나를 찾아왔다. 파블로 네루다에게 시가 찾아왔듯이. 겨울에서인지 강에서인지 모르게 네루다에게 시가 찾아왔듯이, 내게도 불현듯 이야기가 찾아왔다. 언 땅을 치고 달아나는 찬바람에 눈을 감았을 때였는지, 죽은 서어나무 밑을 지날 때였는지 모르겠는데, 산이 자그맣게 속삭이는 소리를 들었다. 걸음을 멈추고 들으니 그건 어떤 아릿한 이야기의 서두였다. 산이 내게 주는 선물이라는 생각이 들었다. 겨우내 산을 지켜 준 내게. 산의 속삭임은 매일 계속되었다. 속삭임은 아주 작아서 온 마음을 모아 듣지 않으면 들을 수 없었다. 산의 이야기를 들으러 나는 매일 산에 올랐다. 한 발 한 발 발자국을 찍으며 이야기를 마음속에 차곡차곡 받아 두었다가 집에 내려와 컴퓨터에 옮겼다. 잊힐 만한 문장은 햇살 받는 벤치에 앉아 메모를 했다. 산이 말하고 내가 받아 적는 작업이 이른 봄까지 계속되었다. 무엇에 들린 듯 받아 적은 이야기는 소설 한 편이 되었다. 신기하고 황홀한 글쓰기였다.

그런 글쓰기를 다시 할 수 있을까. 그 황홀한 시간을 기다리며 나는 내일도 산에 오른다.

글 동네를 기웃거리는 딸의 속마음을 일찍부터 아셨지만 딸이 소설가가 되는 것은 보지 못하고 세상을 떠나신 부모님 영전에, 이 책을 바친다.

광교산 자락에서   김연정

오후의 뒤뜰

초판 1쇄인쇄 2019년 10월 23일
초판 1쇄발행 2019년 10월 25일

저   자 김연정
발행인 박지연
발행처 도서출판 도화
등   록 2013년 11월 19일 제2013-000124호

주   소 서울시 송파구 성내천로 39
전   화 02) 3012-1030
팩   스 02) 3012-1031
전자우편 dohwa1030@daum.net
인   쇄 (주)현문

ISBN ㅣ 979-11-86644-95-9*03810
정가 15,000원

도화道化, fool는
고정적인 질서에 대한 익살맞은 비판자,
고정화된 사고의 틀을 해체한다는 뜻입니다.